JN107811

メディアワークス文庫

ビブリア古書堂の事件手帖Ⅳ
〜扉子たちと継がれる道〜

三上 延

登場人物

篠川扉子《しのかわとびらこ》
栞子と大輔の17歳の娘。母親譲りの本の虫。大輔の「手帖」を読んで以降、ビブリア古書堂のもう一つの仕事に惹かれ始めている。

篠川栞子《しのかわしおりこ》
ビブリア古書堂店主。古書に関してずば抜けた知識を持つ本の虫。母がロンドンに持つ古書店で働くことが増えている。大輔の妻。

篠川智恵子《しのかわちえこ》
栞子の母。扉子との邂逅をきっかけに海外での仕事をセーブし、日本滞在中は膨大な蔵書が収められた屋敷で暮らしている。

樋口恭一郎《ひぐちきょういちろう》
本をほとんど読んでこなかったが、稲村高校の先輩・扉子の影響で本に興味を持ち始めている。戸塚駅そばの古書店・虚貝堂店主の孫。

五浦大輔《どうらだいすけ》
過去の体験から、本が読めなくなった特異体質の持ち主。海外での仕事が増えた妻に代わりビブリア古書堂の経営を担う。栞子の夫。

篠川登《しのかわのぼる》
ビブリア古書堂の前店主。智恵子の夫であり栞子の父。故人。

戸山《とやま》圭《けい》
図書委員を務める扉子の親友。由比ガ浜にある古書店もぐら堂の娘でもある。

戸山《とやま》清和《きよかず》
もぐら堂の初代店主であり圭の祖父。故人。

戸山《とやま》利平《りへい》
清和の兄。九十歳を超える圭の大伯父。

久我山《くがやま》尚大《しょうだい》
脅迫まがいの取り引きも厭わない危険な古書店主。智恵子の父親。故人。

兼井《かねい》健蔵《けんぞう》
不動産ブームで莫大な財産を築いた成金。

兼井《かねい》花子《はなこ》
健蔵の妻。

篠川家家系図

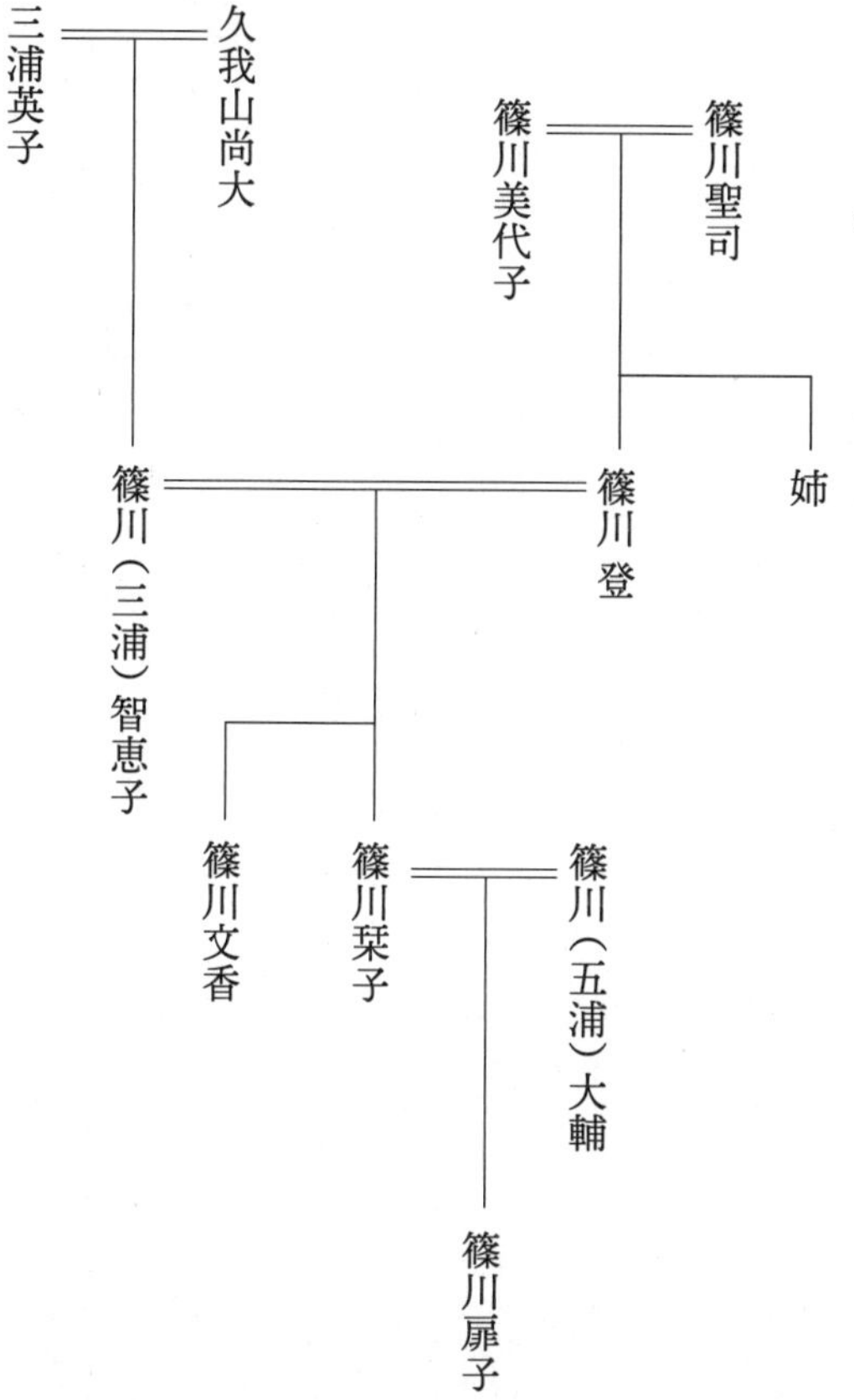

篠川聖司
篠川美代子
久我山尚大
三浦英子
姉
篠川登
篠川（三浦）智恵子
篠川（五浦）大輔
篠川栞子
篠川文香
篠川扉子

プロローグ

　ホームに下りる前から分かりきっていたが、日曜日の鎌倉駅は混雑していた。

　まだ梅雨の始まらない五月の終わり、徒歩の多い鎌倉観光にふさわしい涼やかな快晴の一日だった。昔から国内でも人気の旅行先だったが、年号が令和に変わる少し前から、外国からの観光客も目立つようになった。

　人々の流れに沿ってゆっくり進み、俺――篠川大輔《しのかわだいすけ》は改札口を出た。バスターミナルと小町通りがある東口ではなく、比較的人の少ない西口、いわゆる裏駅の方からだ。

　今日は北鎌倉のビブリア古書堂から一人で電車に乗ってここに来ている。日曜日にうちが臨時休業するのも、俺がスーツを着てネクタイを締めているのも珍しい。

　これからガーデンパーティーに出席する予定だった。会場は扇ガ谷《おうぎやつ》にある、鎌倉有数の資産家の邸宅だという。四十数年生きてきて、ガーデンパーティーに出席するのは初めてだ。平服でいいと招待状には書かれていたが、さすがに普段着というわけにはいかない。

主催者である資産家が何者かというと――実はよく分からない。

招待されたのは俺の妻、つまりビブリア古書堂の三代目店主の篠川栞子《しおりこ》で、俺の名前がリストに入ったのは彼女のパートナーだからだ。資産家は篠川家と古くからの繋《つな》がりがあるらしい。

一体どういう繋がりなのか、パーティー当日までに詳しく聞くつもりだったが、結局その機会がなかった。栞子さんは古書の取り引きで今日まで台湾に出張していた。悪天候で飛行機がなかなか飛ばず、帰国が遅れてしまったのだ。もう羽田《はねだ》空港を出てこちらへ向かっており、会場となる邸宅で待ち合わせることになっている。

その資産家と篠川家の間には一言で説明できない、込み入った過去があるらしい。台湾にいる栞子さんに電話で尋ねた時、

『わたしも関係しているんですが……どこから話していいか』

と、言葉を濁していた。関わっている篠川家の者が他にもいたような口振りだ。むろん、古書が絡んでいるに違いない。

鎌倉駅を出て十分ほど歩き、扇ガ谷の緩い坂を上った先にその邸宅はあった。黒い板壁に覆われ、尖《とが》った屋根を持つ大きな古い洋館が塀の向こうにそびえている。

その手前にある広い庭がパーティー会場だった。

まだ始まる時刻ではなかったが、もう会場に客を入れているらしい。両開きの門の内側に受付があり、数人が招待状を手に並んでいた。どんなパーティーになるのか知らないが、高校生の娘へのいい土産話になりそうだった。

そういえば俺と栞子さんの娘——扉子《とびらこ》も今日はどこかへ出かけている。友人の戸《と》山圭《やまけい》と会うという話だった。戸山圭は由比ガ浜にあるもぐら堂という古書店の娘で、扉子とは子供の頃からの幼馴染《おさななじ》みだ。去年からずっと疎遠になっていて、俺も栞子さんも心配していたのだが、いつのまにか仲直りしていたらしい。

俺も身支度で忙しかったので、戸山圭とどこへ出かけるのか聞きそびれた。思い返してみると、扉子は高校の制服を着ていた気がする。今日は日曜日で、学校へ行くわけでもないはずだが。

「……お父さん？」

聞き慣れた声にはっと顔を上げた。招待客の列にブレザーの制服を着た娘の扉子が並んでいた。ハーフアップの長い髪を揺らして、俺の方へ駆け寄ってくる。

「ここでなにやってるの？」

と、扉子は言った。眼鏡の奥で大きく目を見開いている。それは俺の台詞《せりふ》でもある。

そういえば、今日どこへ行くのか俺も扉子も互いに説明していなかった。別々に家を出て、同じ場所へやって来たわけだ。

「お父さんとお母さんは、このパーティーに招待されてる……扉子の方こそ、ここでなにをやってるんだ？　もぐら堂の圭ちゃんと会うんじゃなかったのか」

「わたしと圭ちゃんと、圭ちゃんの家族が、このパーティーに招待されてる……圭ちゃんたちは、後で来る予定」

「一体、どうなってるんだ」

話の流れが見えてこない。どうして高校生の娘たちがパーティーに招待されているのか。戸山家とこの家の繋がりも分からなかった。

「実は、わたしたちも分からなくて……圭ちゃんもわたしも、この家の人たちには面識がないから」

扉子は小さな声で答える。嘘《うそ》をついているようには見えなかった。

「ああ、扉子たちのことはね、わたしが主催者にお願いしたの。孫とその友達を招待してほしいって」

突然誰かが会話に入ってきて、俺はぎょっと振り返った。グレーのワンピースとロングジャケットを着た年配の女性が立っている。半白の髪を背中まで長く伸ばし、淡い色のサングラスをかけていた。

　栞子さんの母親の篠川智恵子《ちえこ》だ。俺の義母ということになるが、今は藤沢市の片瀬《かたせ》山《やま》に一人で住んでいる。

「お祖母《ばあ》ちゃん経由だったんだ……だったら、どうしてわたしたちを招待させたの」

　扉子は祖母に向かって尋ねる。俺としては智恵子と主催者の関係も気になるところだった。

「それはね……」

　智恵子が口を開きかけた時、道路に一台のタクシーが停《と》まる。中から小ぶりのスーツケースと一緒に、ライトグリーンのスーツを着たロングヘアの女性が下りてくる。

　俺の妻の栞子さんだった。

　門の前に集まっている俺たちを見て、彼女は眼鏡の奥で目を瞠《みは》った。

「……お帰りなさい」

　とりあえず声をかけると「ただいま……間に合いました」と、この状況でも律儀に答えてくれた。

「……大輔さんやお母さんはともかく、どうして扉子もいるの」

「お義母《かあ》さんが招待させたらしいです」

俺が耳元で囁《ささや》きかける。栞子さんと智恵子、そして扉子が互いを見つめ合う。

篠川家の中でも、この三人の女性が揃《そろ》うことは滅多にない。栞子さんが母親とはあまり顔を合わせたがっておらず、智恵子の方も近くに住んでいるわりに、娘一家の住むビブリア古書堂にはあまり近寄らないからだ。扉子は時々祖母の家に出入りしているらしいが、栞子さんや俺を誘うことはなかった。

改めて三人を見比べると、本当によく似ている。まるで一人の女性が時間を超えて一堂に会したかのようだった。

似ているのは外見だけではない。三人とも並外れた知識を持つ「本の虫」で、それぞれ頭の回転が速く、記憶力にも優れている。

「……中に入って、話しましょうか」

長い沈黙の後、智恵子が口を開いた。

「わたしもすべてを詳しく知っているわけではないの。それぞれがこのパーティーに出席することになった事情、栞子も扉子も興味があるでしょう？」

他の二人が同時にうなずいた。彼女たちの性格は少しずつ違っているが、知識欲が旺盛なところは共通している。知りたいこと、読みたいものを素通りすることは決してない。俺も三人の話を聞きたかった。

「もちろん、古書にまつわる事情よ」

部外者の俺に向かって、智恵子が一言説明を添えた。

「……でしょうね」

と、うなずく。どうやら過去に起こった三者三様の古い本の物語が、彼女たちをここへ導いたようだ。

俺たち四人は門を通り、受付に向かって歩き出した。

第一話　令和編『鶉籠』

稲村高校《いなむらこうこう》は名前の通り稲村ヶ《いなむらが》崎《さき》に近い高台に建っている。

江ノ電の駅から徒歩数分、鎌倉に古くからある県立高校の一つだ。

三階の図書室にいる樋口《ひぐち》恭一郎《きょういちろう》は、窓のそばで立ち止まった。ここが校内で一番見晴らしがいいと聞いたことがあったからだ。右手の遠くには江ノ島が横たわり、左手には緑に覆われた稲村ヶ崎が、その間には七里ヶ浜の海岸が広がっている。手前にある線路を五月の日射《ひざ》しを浴びた江ノ電が通りすぎていく。

確かに美しい景色だったが、恭一郎はつい目を背けたくなった。海岸に沿ってコンクリートが白い帯のように伸びている。観光シーズンだけ使われる臨時駐車場で、今は車は一台も見当たらない。

そのどこかに黒々とした焦げ跡がまだ残っているはずだ。

先月、千冊の本が焼かれた場所だった。

高校に入学してから一ヶ月、恭一郎は週の半分を茅ヶ崎《ちがさき》の実家ではなく、戸塚《とつか》にある祖父の家――虚貝堂《きょかいどう》という古書店で過ごしている。実家にいる時も母親の佳穂《かほ》とはなるべく顔を合わせないようにしている。

そうなった原因は、三ヶ月前に亡くなった父の遺《のこ》した蔵書だった。

恭一郎が物心つく前に父の杉尾《すぎお》康明《やすあき》は何年か失踪しており、母ともその間に離婚している。戸塚にある生家に戻ってきた後も、恭一郎とは滅多に顔を合わせなかった。古書店で生まれ育ち、読書が唯一の趣味だった父を知る大事な手がかりが、千冊ほどあった蔵書だった。母はそれらを七里ヶ浜の駐車場で燃やしてしまった。父の書庫から恭一郎がこっそり持ち帰った夢野久作の『ドグラ・マグラ』を、黒のインクで塗りつぶしたのも母だった。

あなたには父親のようになって欲しくない、というのが母の語った理由だった。恭一郎をずっと本から遠ざけて、読書させないよう仕向けてきたという。

母の言葉は全く理解できなかった。母だけではなく、亡くなった父や祖父や、他の人たちの思いも、正直よく分かっていない。その溝を埋めるような気持ちで、今は読書に耽《ふけ》る日々を送っている。両親だけではなく最近親しくなった人たちは、本と深く関わる人ばかりだった。他人を知るために本を読んでいるようなものだ。

とりあえず、父が好きだったという古い探偵小説を手当たり次第に読んでみたものの、いちいち事件が起こって犯人が捕まる展開に少し疲れてしまった。

それなら他の本を、と思って、放課後に図書室へやって来たのだ。

恭一郎は窓を離れて、背の高い書架の間を歩き始める。他に生徒の姿は見当たらない。今日はこれから図書委員会が開かれるそうで、一般生徒はあと数分で利用できない。

くなる。急いで選んだ方がよさそうだった。

最初に読むとしたら、やっぱり昔の文学作品がいい気がする。教科書に名前が出てくるような、有名な作家たちの本。昔の文学を読むと凄《すご》いわけではないけれど、いいと思う人が多いから有名なのだろう。どういうものか読まないと分からない。

（日本の文学作品を読み始めるなら、ちくま日本文学全集がわたしのおすすめです！）

よく通る弾んだ声が脳裏をよぎった。今朝、江ノ電の駅を出たところで偶然会った先輩から聞いた話だった。先輩は二年の女子生徒で、恭一郎が最近親しくなった人たちの一人だ。先月、藤沢《ふじさわ》駅前のデパートで開かれた藤沢古本市——何軒かの古書店が合同で開く販売イベントで知り合った。恭一郎はそこで祖父の仕事を手伝っていて、先輩も父親の仕事を手伝っていた。彼女は北鎌倉にあるビブリア古書堂という古書店の娘だ。

その古本市ではいくつも事件が起こった。父の蔵書を焼かれたこともその一つだ。女子の先輩と親しくなったのはほとんど唯一の嬉《うれ》しい出来事だった。

先輩の名前は篠川《しのかわ》扉子《とびらこ》という。

本についてはとんでもない知識と洞察力の持ち主で、その特技を活《い》かして古書市で起こった事件のいくつかを鮮やかに解決していた。

学校で顔を合わせると、先輩はだいたい伏し目がちでぼそぼそ喋《しゃべ》る。まるで人目を避けるみたいに。でも、本の話題になるとまるで別人だった。今朝も「何かおすすめの文学の本とかあります？」と恭一郎が尋ねた途端、突然スイッチでも入ったみたいにテンション高く喋り出した。

（一九九〇年代に全六十巻で刊行されて、その後四十巻に再編集された文庫版が出ました。今、手に入りやすいのはこちらでしょうか。一人の作家につき一巻ずつのアンソロジーで、それぞれの代表的な中編や短編が収録されています……）

彼女は指を振り振り滑らかに説明した。ハーフアップの長い髪が揺れて、眼鏡の奥で黒目がちの瞳がきらきら光っている。日焼けとは縁のなさそうな白い頬が興奮で上気していた。

（作品のセレクトもまさに王道ですし、ルビや註《ちゅう》、解説も充実していて、明治期の古い作品でも読みやすくて、入門書として申し分ない内容です。わたしも図書館でよく借りていました。なんだか、久しぶりに読みたくなってきたなあ！）

彼女の声がまだ耳の奥でリフレインしている。「じゃあ、一緒に借りに行きませんか」と誘うフットワークの軽さは恭一郎になかった。この人とそこまで親しいか自信が持てない。あれこれ考えるうちにタイミングを逃し、校舎の昇降口で「じゃあ……また」と軽く挨拶して左右に別れてしまった。

結局、一人で本を借りに来ている。

（……これか）

恭一郎は日本文学のコーナーで立ち止まった。ちょうど目の高さに分厚い文庫本が並んでいた。どの背表紙にも『ちくま日本文学』とあって、その下に作家らしい名前が印刷されている。先輩が言っていたのはこの全集に違いない。

誰かが大量に借りているらしく、ドミノ倒しが始まる前みたいに隙間が空いている。この学校では古い日本文学が人気なんだろうか。残っているのは恭一郎が名前も知らない作家ばかりだったが、これだけは別、という巻がふと目に止まった。

『ちくま日本文学０２９　夏目漱石《なつめそうせき》　1867-1916』

夏目漱石。

髭《ひげ》を生やした顔写真も思い浮かぶ。読んだことはないけれど、代表作の題名ぐらいはいくつか知っている。恭一郎には難しいに決まっているし、読み切れるか全く自信がない。けれども、その背表紙から何となく目が離せない。まるで本に呼ばれているみたいに。結局、『夏目漱石』の巻を手に取った。

いいことを思いついた。

難しいところがあったら、その時は扉子先輩に訊《き》けばいい。本のことなら喜んで教えてくれるはずだ。連絡する口実にもなる。ただ、ＳＮＳをほとんど使わない人だから、電話をかけるかメールを送らないといけない。年取った親戚に連絡するみたいでかなりハードルが高い。今朝みたいにばったり会う機会があればいいのに。

都合のいいことを考えながら、恭一郎は書架の角を曲がり、

「うわっ」

思わず声を上げてしまった。目の前に女子生徒が一人うずくまっている。ブレザーの背中にかかったハーフアップの長い黒髪。花の形をしたバレッタにも見覚えがある。

「……先輩？」

今朝、登校中に話した篠川扉子先輩だった。まさにばったり会ったわけだが、名前を呼んでも反応がない。こんなところで何をしているんだろう。いや、具合でも悪いのかもしれない。丸めた背中は苦しげに見えないこともなかった。

「あの、大丈夫ですか？」

恭一郎もしゃがみながら話しかける。目は開いているけれど返事はなかった。声も出せないほどの体調だとしたら大変だ。今すぐ人を呼ばないと――。

（ん？）

先輩の口元にはにんまりと笑みが浮かんでいる。病気にしては妙に楽しそうだ。上から手元を覗《のぞ》きこむと、スカートの膝にあごを載せるようにして、開いた文庫本のページをめくっていた。恭一郎の全身から力が抜けた。本を読み耽っているだけだ。

彼女は分厚い文庫本を数冊ずつ小脇に挟んでいる。どの背表紙にも『ちくま日本文学』と印刷されていた。

真横から眺めているのに全く気付く様子がない。なぜこんなところで本を読《よ》み耽《ふけ》っているのか、だいたい恭一郎にも察しはつくけれど、こうして眺め続けているわけにもいかなかった。一般生徒の利用時間はもうすぐ終わりだ。

恭一郎はおずおずと手を伸ばして、ブレザーの肩を叩《たた》いた。

「……声をかけてもらって助かりました」

カウンターで貸出手続きを取った後、扉子先輩は恥ずかしそうに礼を言った。

それから壁際のデスクへ近づいていき、置かれていたスクールバッグを開く。どう見ても授業とは無関係なハードカバーの大型本が既に何冊も詰まっている。合間に読むために持ってきたのだろう。バッグに手を入れてハードカバーの向きや場所を変え始める。借りた本を詰めるためにスペースを空けているようだ。

「先輩も本、借りに来たんですね」

「朝、『ちくま日本文学全集』の話をしたでしょう？　そうしたら頭の中がそればっかりになっちゃって。放課後、図書委員会が始まる前に急いで借りようと思ったんです」

恭一郎は頷《うなず》きながら聞いている。つまり「久しぶりに読みたくなってきたなあ」という言葉通り本を借りに来たのだ。棚から何冊も抜き取って、貸出カウンターに行き着く前にうっかり本を開いてしまったのだろう。一度読み始めたら止まらない。この先輩はとんでもない「本の虫」だった。

彼女が借りた巻は『泉鏡花《いずみきょうか》』『石川啄木《いしかわたくぼく》』『幸田露伴《こうだろはん》』『森鷗外《もりおうがい》』『正岡子規《まさおかしき》』『柳田國男《やなぎたくにお》』――知っている名前も知らない名前もある。有名らしいこと以外、どういう共通点があるのかよく分からない。

「明治時代に活躍していた文学者の巻を読み返そうと思って。ほら、時代縛りでまとめて読んでみると、新しい発見があったりするじゃないですか」

当たり前のように言われると頷きそうになるが、よく考えるとそんな経験は一度もない。この人と自分では本についての知識が全然違う。

ふと、恭一郎は自分の借りた『夏目漱石』の巻を見下ろした。

「夏目漱石は明治の人でしたっけ」

一瞬、なぜか先輩の口元が引き締まった気がした。

「……夏目漱石もそうですね。明治時代の終わりから大正時代にかけて活躍した作家ですから」

「この中で初心者にお薦めの作品ってどれですか」

カバー裏を先輩に見せる。収録されている作品の題名が印刷されていた。『坊《ぼ》っちゃん』『吾輩《わがはい》は猫である　抄』『夢十夜』『思い出す事など　抄』『私の個人主義』。小説でないものも交じっている気もするけれど。

「……この中なら『坊っちゃん』でしょうか」

題名ぐらいは知っている。そういえば古い文学作品の中では読みやすい、という話もどこかで聞いたことがあった。

「どういう小説なんですか」

答えは返ってこない。恭一郎の胸に戸惑いが広がっていった。本のことを質問されて、この先輩が黙っていることがこれまであっただろうか。

「あの……？」

「ごめんなさい。ちょっと、漱石の名前を見たくない気分で……今はあまり話したくないんです」

　扉子先輩は俯《うつむ》いたまま、借りた文庫本をバッグにしまっている。夏目漱石も明治時代に活躍している作家なのに、先輩がこの巻を手に取らなかったのはそういう理由だったのかもしれない。そういえば、彼女の口から夏目漱石の名前が出たことは一度もなかった気がする。

「こっちこそ、すいませんでした」

　恭一郎にとってこの先輩も深く知りたい相手の一人だ。いや、一番知りたい相手かもしれない。名前を見たくない理由を知りたかったが、無理に聞き出す気も起こらなかった。「今は」ということなら、そのうち機会があるだろう。

　いつのまにか図書室に他の生徒が増えてきている。読書や自習ではなく、委員会に出席するために来た図書委員たちらしい。

「出ましょうか」

　扉子が肩にバッグをかけた。どことなく急いでいる気配がある。テーブルに着く生徒たちを縫うようにして、恭一郎たちはドアへ向かった。

「先輩は図書委員じゃないんですね」

と、恭一郎は言った。この先輩ほど図書委員の似合う人もいないと思う。

「……去年はやっていたんですけど、途中で代わってもらったんです」

「え、どうしてですか」

「一緒に図書委員だった友達と、ちょっと顔を合わせづらくなって……」

不意に恭一郎は先月の古本市の時、先輩から聞いた話を思い出した。「自分は同世代との距離の取り方が下手」とか「子供の頃から本ばっかり読んでいて、日常会話以外では本の話しかできない」とか——それに「学校でも色々あって」とも言っていた。図書委員の友達と何かトラブルがあったのかもしれない。

「……扉子」

廊下に出たところで、誰かの声が響いた。髪の毛を明るい色のベビーショートにした、すらりと背の高い女子生徒が目の前に立っている。黒々とした太い眉と一重まぶたの切れ長の目が印象的で、扉子先輩とはまるでタイプが違う。

先輩の名前を呼んだわりに、後はただこちらを凝視しているだけだ。恭一郎は緊張で息が詰まってくる。学年は扉子先輩と同じみたいだが、もっと大人っぽく見えた。

「圭《けい》ちゃ……じゃなくて戸山さん」

下の名前で呼びかけた扉子先輩が、小さな声で言い直す。今にも倒れそうなほど顔から血の気が引いていた。背の高い人は戸山圭というらしい。

「戸山さんが来るのを待ってたわけじゃなくて、図書室に用事があっただけです……ごめんなさい。すぐに帰るので！」

結界でもあるみたいに相手を丸く避けて、扉子先輩は全速力で走り去っていった。

「あの、扉子。話が……」

戸山圭が呼び止めようとした時、もう扉子先輩は廊下の角を曲がってしまっていた。後に残ったのは初対面同士の二人だけだ。戸山圭はため息をついてから、恭一郎の方を振り返る。黙って立ち去るわけにはいかない雰囲気だった。

「ど、どうも……」

「戸山圭です」

初めまして、と言う前に、相手が低い声で名乗ってきた。出端《でばな》をくじかれた恭一郎は黙って頭を下げる。

「君、最近よく扉子と一緒にいる人、だよね」

「あっ、はい……一年の樋口、です」

「扉子とは、どういう知り合い？　ずいぶん、仲がいいみたいだけど」

「どういう……」

　返事に困った。一言で説明するのは難しい。こちらからまったく目を逸《そ》らさないわりに、戸山圭の感情はうまく読み取れなかった。

「一応、訊くけど……付き合ってるの？」

「いやいやいや全然！　そういうんじゃないです！」

　恭一郎は両手と首を同時に激しく振る。慌てた時の扉子先輩みたいな反応をしてしまった。もちろん可愛《かわい》い人だとは思うし、彼女のことを知りたいのも確かだけれど、今のところそういう感情は持っていない。

　自分と年はほとんど変わらないのに、本についてとても詳しくて、頭も切れる扉子先輩はすごい——話をずっと聞いていたいという気持ち。憧れとか尊敬とか言えばいいのかもしれない。それをはっきり口に出すのは恥ずかしかった。

「だからあの……先月、藤沢古本市で祖父の手伝いをしたんですけど、そこに扉子先輩も来ていて……あの、古本市っていうのは……」

　自分の言葉なのにこんがらがってくる。戸山圭の方が助け船を出してくれた。

「藤沢古本市は知ってる。うちも古書店だから。由比ガ浜のもぐら堂って店」

　初めて聞く店名だったが、このあたりでは有名らしい。話しながら戸山圭はちらちら図書室のドアを見ている。きっとこの人も図書委員で、委員会に出るためにここへやって来たのだ。

「戸山先輩は、去年も図書委員だったんですか？」

彼女は驚いたようにぱちりと瞬きをした。

「……なんで知ってるの」

扉子先輩ほど洞察力のない恭一郎にも、多少は事情が分かり始めていた。トラブルがあった「図書委員だった友達」はこの人に違いない。扉子先輩と同じく古書店の娘で、二年連続で図書委員もやっている。きっと彼女もかなりの「本の虫」だ。

「待って……『樋口』っていうことは、君、ひょっとして虚貝堂さんの孫？　戸塚駅のそばの」

「え？　ま、まあ……そうですね」

先月まで虚貝堂の店主だった祖父とほとんど関わりがなかったけれど、今は「孫」と呼ばれてもおかしくはない。週の半分は虚貝堂で過ごしている。

「そうか……だから、扉子と仲良くなったわけか」

真顔でなにかに納得している。恭一郎も本に詳しいと勘違いしていそうだ。

「わたしのこと、何か聞いてる？　扉子から」

「いえ……なにも」

唇をへの字に結んで、ぐっと太い眉を寄せた。眼力《めぢから》が強いだけで、不機嫌なわけではなさそうだ。考えごとをしているだけらしい。

「扉子に話があるんだけど、いつもあの調子で……避けられてる」

「あれは避けてるっていうか……」

全力で逃げていると言った方がしっくり来る。顔を合わせているだけでいたたまれない——消え去りたい、そんな感じだ。

「……まあ、仕方ないか」

彼女はため息をついた。

「去年、わたしが扉子に言ったから……話しかけるなって」

「は？」

じゃあ、避けられて当然じゃないか。

「どういうことですか？」

戸山圭は困ったように天井を見上げた。

「一言では、説明できない。込み入ってて」

込み入っているだけではなく、この人が口下手なせいもあるだろう。この調子で話しかけようとして、さっきみたいに逃げられてしまうのだ。

一体、二人の間で何があったんだろう。

「戸山さん」

図書室の方から声がかかった。ドアの向こうに図書委員らしい男子生徒が立っている。

「委員会、そろそろ始まるよ」

戸山圭は「分かった」と答えて、再び恭一郎の方を向いた。

「この本のことで話があるって、扉子に伝えてくれる？」

自分のバッグから一冊の分厚い本を出した。表紙は茶色くなっていて、見るからに古そうだ。古書店で使われている透明なビニール袋に入っていた。表紙のカバーには何かの花と一緒に、著者名と書名が横書きで印刷されていた。

（……著石漱目夏……籠鶉？）

意味が分からない――いや、これは昔の本だから、横書きの時は右から左に読むはずだ。

夏目漱石著
鶉籠

「夏目漱石……？」

たった今、図書室で漱石の本を借りたばかりだ。今日は妙にこの作家と縁がある。この題名は全然聞いたことのないし、そもそも読み方が分からないけれど。

「うん。これは『鶉籠《うずらかご》』の初版……」

そうか、「うずらかご」って読むんだ——感心している恭一郎の手に『鶉籠』の初版本がぽんと載せられた。

「えっ？」

「これ、扉子に見せて。君に預けるから……それで、あの子にも伝わると思う」

わけが分からない。初対面の人からいきなりこんな古書を預かって大丈夫なのか。戸山圭は「初版」だと言っていた。夏目漱石が明治時代から活躍している作家なら、この本も明治時代のものじゃないだろうか。表紙や背表紙はそれなりに変色しているけれど、小口や天地にほとんどシミはない。かなり状態はいい方だと思う。

急に本の重みが増した気がした。

「あの、これって……高い本だったりします？」

「もちろん。『鶉籠』ぐらいは君も知ってるだろうけど……」

　戸山圭が当たり前みたいに言った。もちろん恭一郎は知らない。

「その『鶉籠』はただの初版じゃない。とても貴重なもので……正確な古書価はわたしにも分からないけれど、それだけで何十万円もするはず。場合によってはもう一つ桁が違うかも」

　もう一つ桁が違う――百万円以上するかもしれない、ということだ。

　恭一郎の喉が緊張でごくりと動いた。

＊

　次の土曜日、恭一郎は片瀬山《かたせやま》に来ていた。

　藤沢市有数の高級住宅街で、大きな邸宅がなだらかな斜面に沿って建てられている。緩い坂を上っていくと、モダンなデザインを取り入れたレンガ張りの洋館が見えた来た。表札のない門を通り過ぎて、玄関でインターフォンを鳴らす。

「いらっしゃいませ、樋口様」

　中年のハウスキーパーが出迎えてくれる。

「あ、はい」

「扉子様がお待ちでございます」

「あ、はい」

同じ返事ばかりしてしまうが、この場合どう言うのが正解なのか分からなかった。使用人のいる屋敷《やしき》なんてここ以外に知らないのだ。

恭一郎が中に入ると、ハウスキーパーの女性が先に立って歩き出した。昼でも薄暗い邸内では、どこを向いても天井までの書架が視界に入る。まるで人ではなく本が住んでいるみたいだ。

案内されるまま、恭一郎は書架の列を通りすぎていった。

廊下の途中にある大きな扉が開いている。生体認証式の鍵がついているが、今は解除されているようだ。

扉の向こうの部屋には窓がなく、四方の壁はぐるりと色とりどりの古びた背表紙に囲まれている。屋敷の主人が貴重な古書を保管し、鑑定や補修も行うための書斎兼作業場だそうで、そのために必要な道具も収められていた。

この屋敷で一番重要な部屋だと聞いている。

今日はアンティークの小さなティーテーブルが部屋の中心に置かれている。テーブルと同じように古い肘掛け椅子に、扉子先輩がちょこんと腰掛けていた。長袖のTシヤツに青いキャミソールワンピースがよく似合っていた。

「あ、どうも……待ちました？」

「いえ、わたしも今来たところで」

扉子先輩が微笑《ほほえ》んだ。こんなに変わった部屋にいても、彼女はリラックスしている様子だった。本に囲まれているせいかもしれない。

恭一郎は正面に腰を下ろす。今日はこの人に呼び出されてここへ来ている。戸山圭から渡された本の書名を伝えたら、ここへ持ってきて欲しいと言われたのだった。

「今日、お祖母《ばあ》さんはいないんですか」

ハウスキーパーが一礼して出て行くのを待ってから、恭一郎は口を開いた。

「ええ。仕事で海外にいるそうです。だから、ここでお話しすることにしました」

ここは先輩の祖母、篠川智恵子《ちえこ》の所有する屋敷だ。

篠川智恵子は大昔、北鎌倉にあるビブリア古書堂の二代目と結婚したけれど、家族を置いたまま日本を飛び出して、十年ぐらい行方が分からなくなっていたらしい。

その間にビブリア古書堂を継いだ娘――三代目店主の篠川栞子《しおりこ》という人――と一応は和解していると聞いた。でも、先輩も含めてビブリア古書堂の人たちは、篠川智恵子の話になると決まってみんな複雑そうな顔をする。彼女と会ったことを話すと、何を話したのか根掘り葉掘り訊いてくるのだ。

篠川智恵子はかなりの高齢だけれど、何百年も前の古書から最近のベストセラーまで、ありとあらゆる本について詳しい人だ。扉子先輩はもちろんのこと、彼女の母親よりもずっと知識が豊富だという。頭の中がどうなっているのか想像もつかない。

ただ頭が切れるというだけではなく、何を考えているのか全く分からなかった。油断できない人だから気をつけるように、という意味の忠告を何人もの大人たちから別々に聞いている。

先月、父の蔵書が焼かれた件にも関わっていたという噂《うわさ》で、特にビブリア古書堂の人たちから、恭一郎の母をけしかけた疑いを持たれていると聞いた。

もっとも、母の佳穂は「智恵子さんには相談に乗ってもらっただけで、わたしのしたことにあの人は関係ない」とはっきり言っていて、それ以上は追及のしようがなかったようだ。

ワゴンを押したハウスキーパーが再び部屋に入ってきて、二人分の紅茶をティーテーブルに並べていった。

「わたくしはキッチンにおりますので、ご用がございましたらお声がけください」

部屋には恭一郎たちだけが残される。足音が遠ざかると、後はなんの物音もしなくなった。

扉子先輩は目を伏せて薔薇《ばら》の描かれたティーカップを手に取る。眼鏡越しにも整った目鼻立ちや睫毛《まつげ》の長さははっきり分かる。かなりの美人だと思う。付き合ってるの、という戸山圭の言葉が頭をよぎった。あんな風に言われると変に意識してしまう。

「……熱っ」

一口飲んだ途端、先輩はびくっと肩を震わせて口を押さえた。猫舌とは知らなかった。

「大丈夫ですか」

「意外に熱いですよこれ……気を付けて」

いくら熱いと言っても紅茶ぐらいで、と思いつつ、湯気の立つカップに口を付けた恭一郎も飛び上がりそうになる。確かに熱かった。カップが薄いせいかもしれない。恭一郎が普段使っているような安物とは違う。

先輩はおそるおそる二口めを飲んでいた。

「あっ、でも、もう大丈夫です。冷めるのも早いのかな」

恭一郎も同じように口を付けてみる。確かに今は適温で、鼻の奥にほんのりといい香りが残った。たぶんいい紅茶なのだろう。

「……本当だ」

先輩と顔を見合わせているうちに、同時に笑いがこみ上げてきた。さっきから同じ反応ばかりしている。肩の力が抜けて、やっと自分が緊張していたことに気付いた。

「そういえば、どうして俺たちはこの部屋を使っていいんですかね」

恭一郎は篠川智恵子からここの利用を許されている。蔵書も好きに読んでいいと言われていて、扉子先輩も同じだと後から聞いた。彼女は孫だから当たり前だと思ったら、許可されたのはつい最近のことらしい。しかも先輩の両親――今のビブリア古書堂を経営している篠川夫妻も、自由に立ち入れない場所だという。

（わたしが不在の時もあなたたちが入れるように、ハウスキーパーの紺野さんも扉を開けられるようにしておくわ）

最初にこの屋敷を訪れた時、篠川智恵子は恭一郎に笑顔でそう説明した。口元は笑っていても目は全く笑っていない、彼女独特の表情だった。何か裏がありそうだったけれど、断る理由もなかった。この部屋には焼かれてしまった父の蔵書と同じものが多く収められている。来ればいつでも読むことができるのだ。

「その理由、わたしも祖母に尋ねたんですけど……」

わずかな間、扉子先輩は口ごもった。

「『あなたたちを見ていると十代の頃を思い出すから』と言われました」

カップを持ったまま、恭一郎は首をかしげる。

「どういう意味なんです？」

思い出すから何なんだろう。それに篠川智恵子に十代の頃があったなんて想像もつかない。どんな人間でも若い頃はあるはずだけれど。

「さあ……本音を決して見せない人ですし、はぐらかしたのかも。色々考えたんですが……今のところはよく分からないです」

恭一郎はカップを傾けた。この先輩に分からないなら、自分が考えても無駄というものだ。気持ちを切り替えるように、扉子先輩はぐるりと部屋を見回した。

「でも、利用できるものは利用させてもらいます。例の古書、持ってきてくれましたか？」

「あ、はい」

自分のバッグから透明な袋に入った夏目漱石の『鶉籠』を出した。扉子先輩はその間にテーブルの上のカップをそばのワゴンに移している。万が一にも濡《ぬ》れてはいけないからだろう。恭一郎は『鶉籠』と一緒にこの前借りた『ちくま日本文学』の夏目漱石の巻も一緒に置く。内容的にこの文庫本と無関係ではない。

「わたしたちのことに、樋口くんを巻きこんですみませんでした。後で圭ちゃん……戸山さんもここへ来ることになっています」

この世の何よりも本の好きな扉子先輩が、貴重な初版本だという『鶉籠』になかなか手を伸ばそうとしなかった。まるで触れるのが怖いみたいに——そういえば「漱石の名前を見たくない」と言っていた。この本と何か関係がありそうだった。

「どうして、この部屋で話すことにしたんです？」

「この『鶉籠』は本当に貴重なもので……あまり人目につく場所に出さない方がいいんです。圭……戸山さんがわざわざ学校に持ってきたのも信じられないぐらい。彼女をここへ入れる許可は祖母から取っています」

「先輩たちの家じゃ駄目だったんですか？」

「この件を両親に知られたくないんです。圭……戸山さんの希望で。それにもし説明することになっても、ここなら必要な資料はすべて揃《そろ》っていますから」

親友だった人と久しぶりに話すのに「必要な資料」なんて奇妙に聞こえる。『鶉籠』について話すにしても、古書店育ちの先輩たちは二人とも詳しそうなのに。そこまで考えた時、こちらを正面から見つめている扉子先輩と目が合った。

恭一郎ははっとした。今日のメンバーで「説明」が必要なのは自分だけだ。

「ご迷惑でなければ、話を聞いてもらえませんか？　樋口くんになら、話せる気がするんです。この古書のことで、わたしたちの間に何があったのか……わたしが、どんな失敗を犯したのか」

　失敗、という言葉が胸に重く響いた。自然と恭一郎の背筋が伸びる。

「はい、俺でよければ」

　ためらわずに答える。扉子先輩のことなら知りたいに決まっている。迷惑なはずがない。勇気づけられたように、彼女はやっと『鶉籠』を透明な袋から出した。

「この本、読みました？」

「ちょっと開きましたけど、汚したりするのが怖くて。同じ作品がこの文庫にも入ってたんで、こっちで読みました」

　恭一郎は『ちくま日本文学』の文庫本を軽くつついた。『鶉籠』で読みたい気持ちもあったけれど、万が一貴重な初版本を汚すわけにはいかなかった。

「あの、『鶉籠』って題名の小説は入ってないんですね」

「そうなんです」

　先輩の細い指が本を開き、扉のページまで進んだ。右側に「漱石山房《さんぼう》」という大きな印鑑のような文字があり、左側に凝った字体で著者名と書名、出版社の名前が印刷されている。ヤケやシミはどこにも見当たらなかった。

「本当に状態がとてもいいですね。百年以上前の初版本なのに……」

本に語りかけるように先輩がつぶやいた。扉のページに続いて序文があり、最初に収録されている作品の題名が現れる。大きな印鑑が押されているような変わったデザインで、赤い丸の中にみっしりと題名が詰まっていた――『坊っちゃん』。

本文はその二ページ先から始まっていた。


親譲りの無鉄砲で子供の時から損ばかりして居る。小學校にいる時分學校の二階から飛び降りて一週間程腰を抜かした事がある。なぜそんな無闇をしたと聞く人があるかも知れぬ。別段深い理由でもない……


「この『鶉籠』は一九〇七年に出版された漱石の初期作品集で、『坊っちゃん』の他にも『二百十日』や『草枕』が収録されています」

「一九〇七年って、すごく昔ですよね……？」

つい当たり前のことを口にしてしまったが、先輩は深く同意してくれた。

「昔です。明治四十年……百年以上前ですから」

「夏目漱石っていつ生まれたんですか」

一九〇七年に本が出ているなら、生まれたのはもっと昔ということになる。

「生まれたのは一八六七年。慶応三年です」

「慶応……って江戸時代なんですか？」

恭一郎は驚いた。そこまで昔の人だとは思っていなかった。

「一八六八年が明治元年ですからギリギリ江戸時代ですけど、ほぼ明治時代の人ですね。複雑な家庭に育ちながらも成績は優秀で、帝国大学を卒業して教職の道へ進みます。政府の命令でイギリス留学も経験し、帰国後は帝国大学で教鞭《きょうべん》を取っていました。

ただ、留学中から精神のバランスを崩すことが増えて……鬱屈を抱えて過ごすうちに、親交のあった高浜虚子に勧められて小説を書き始めます。それが『吾輩ハ猫デアル』で、一九〇五年……明治三十八年に初めて雑誌に掲載されました」

さすがに『吾輩ハ猫デアル』は聞いたことがある。小説家としてのデビューが一九〇五年で、生まれたのが一八六七年。恭一郎は年月の差を頭の中で計算した。

「結構、年を取ってから作家になってるんですね」

「はい。小説の執筆を始めたのは三十代後半です。それから一九一六年、大正五年に四十九歳で亡くなるまで、作家として活躍したのはほんの十年ぐらいなんです。でも、その間に執筆された長編や短編は百年以上経《た》った今も読まれ続けている……間違いなく日本の国民的作家の一人です」

説明しているうちに、先輩の声や表情は少しずつ明るくなってきていた。漱石の名前を見たくないと言っていたけれど、一度話し始めるとスイッチが入るらしい。

「扉子先輩、本当に詳しいですね……」

恭一郎は感心していた。細かい数字まで何も見ずにすらすら語っている。このために調べたわけではなく、元々頭に入っている知識だろう。今から本を読み続けても、恭一郎は自分がこうなれる気はしなかった。

「私なんか全然詳しくありません」

先輩はきっぱり首を振った。謙遜ではなく、本気で言っているようだった。

「今、話したことなんてただの基礎知識ですし、漱石についてもっと知識のある人はいくらでもいます。本当は『鶉籠』についても、専門的な知識を持つ人が説明した方がいいんです……」

目を伏せて初版本を見下ろす。扉子先輩の少し沈んだ表情を眺めているうちに、恭一郎の口から素直な気持ちがつるりとこぼれ出た。

「本の話だったら、先輩から聞きたいです。他の人じゃなくて」

ぎょっと彼女が顔を上げる。反応の大きさに恭一郎も驚いた。

「……そうですか？」

「はい。そうですけど」

わざわざ聞き返されると、恥ずかしいことを口にした気分になってくる。本当のことだから仕方がないけれど。

「そうですか……」

文字だけ抜き出すと間の抜けた会話だが、扉子先輩の口元に小さな笑みが広がっていた。頬もほんのり赤い。照れているみたいだった。じっと見ているうちに、恭一郎の顔も変に熱くなってきた。静かな部屋に二人きりでいることが、突然気になりだした。

話題を変えようと、恭一郎は『鶉籠』に目を向けた。

「そういえば、なんで本の名前が『鶉籠』なんですか？」

軽くめくった限りでは、「鶉籠」なんて言葉は見当たらなかった。収録されている作品も『坊っちゃん』『二百十日』『草枕』で、別に関係はなさそうだ。鶉というのは鳥の名前だから、鶉を飼うための鳥籠という意味にしかならない。

「実はよく分からないんですよね。漱石の作品名や書名には由来がはっきりしないものが多くて……序文には収録されている三篇《ぺん》について『胸中に漂へる或物《あるもの》に一種の體《からだ》を與《あた》へた』と書かれています。『鶉』というのは漱石が自分の内面を託した作品を指していて、それらを集めた作品集だから『籠』と付けたのではないかと……あくまでわたしの憶測ですけど」

本の話を再開すると、もういつもの先輩に戻っていた。頬の赤みがまだ引いていないのは『鶉籠』の説明に熱が入っているせいだろう。

「樋口くん、『鶉籠』を汚せないから『ちくま日本文学』の方で漱石を読んだと言ってましたよね。読んだのは『坊っちゃん』ですか？」

「あ、はい」

両方に収録されているのは『坊っちゃん』だけだ。中も見ないでよくそこまで分かるものだと思う。

「『坊っちゃん』、どうでした？」

「面白かったです！」

小学生の感想みたいだけど、一言でいうとそうだった。

無鉄砲な江戸っ子の坊っちゃんが、教師になって四国の中学校に赴任し、同僚や生徒たちを相手に様々な騒動を引き起こす物語だ。ずる賢い教頭の赤シャツが、気弱な同僚のうらなりから婚約者を奪おうとしていると知り、同じ数学教師の山嵐と協力して赤シャツたちを叩きのめしてしまう。二人は中学校に辞表を送りつけ、さっさと東京に戻るところで物語は終わる。

「どこが面白かったですか？」

途端に先輩も身を乗り出してくる。

「昔の小説だから言葉は分かりにくいんですけど、とにかくすごくテンポがよくて。目の前で本当に坊っちゃんが喋ってるみたいな」

最初から最後まで坊っちゃんの「おれ」という一人称で語られている。本人の名前はどこにも出てこなかった。

「よく分かります！　主人公と同じ江戸っ子だった漱石にとって、こういう語り口は生まれ持ったものだったと思います。漱石はこの中編を十日ぐらいで書き上げたと言われていて、他の作品に比べると書き直しがとても少ないんです。漱石は実際、四国の中学でも教師をやっていましたから、そういう経験も思い出しつつ、自分が喋っているような気分で執筆していたのかもしれません」

「じゃあ、坊っちゃんは漱石自身ってことですか？」

「赴任先の中学にいた若い数学教師がモデルという説もありますけど、漱石自身の生い立ちも強く反映されていると思います……ただ、漱石は登場人物のモデルについてはっきり説明していません。赴任した中学に文学士は自分だけで、『坊っちゃん』の作中で唯一の文学士は赤シャツだから、自分が赤シャツのモデルということになってしまう、という意味のことを冗談っぽく講演で語っているぐらいで」

扉子先輩の口から知識がすらすら流れ出てくる。

恭一郎は坊っちゃんが赤シャツたちを叩きのめす場面を思い出していた。殴っている坊っちゃんと殴られている赤シャツの両方が漱石自身というのは変な話――いや、考えてみればそうでもないか。小説というのは一人の作者が書いているわけだから、登場人物はみんな作者の分身と言えなくもない。

「他にはどんな風に感じました？」

「他に……あ、坊っちゃんのキャラが最後までブレないのがなんかよかったです。四国で知り合った人たちとほとんど仲良くならないじゃないですか。相手が誰でも手加減なしっていうか……」

正義感が強くて真っ直《まっす》ぐな性格なのはともかく、赴任先で出会ったありとあらゆるものに正直すぎる意見――ほぼ悪口を言いまくっている。こういう物語は最後に学校を出て行くにしても、仲良くなった人たちと別れるとか、少しぐらいしんみりする場面があるものだ。この小説はそのへんがかなりドライで、四国を出て行く時も「その夜おれと山嵐はこの不浄な地を離れた。船が岸を去れば去るほどいい心持ちがした」とばっさり切り捨てている。

「最初に読んだ時、わたしも同じようなことを思いました。一緒に赤シャツたちをやっつけて、連れ立って四国を離れた山嵐とも東京駅で別れたきりでしょう？　あ、それっきり会わないんだ、って」

「坊っちゃんが心を許してるのって、子供の頃から世話してくれていたお手伝いの清《きよ》さんだけですよね。東京に帰ってくるのも清さんと暮らすためだし」

「清の存在がなかったら、意外に殺伐とした物語ですよ、これ」

うんうん頷きながら扉子先輩が言った。

「家族と相容《あいい》れずに育った主人公が、四国の学校でも周囲との衝突を繰り返した挙げ句、結局何もうまく行かないまま戻ってくるんですから。やっつけた赤シャツたちは学校に居座ったままですし、うらなりと婚約者がちゃんと結婚できたのかも分からない……寂しさの漂う、敗者の物語という評価もあるぐらいです」

そんな深刻な内容だとは思わなかったけれど、言われてみると坊っちゃんがやったことはどれも中途半端に終わっている。帰ってきても給料の低い仕事に就いて、金持ちになったわけでもなさそうだった。

「分かりやすい勧善懲悪の物語に留まらない……そんな寂しさも引っくるめて、愛されているんだと思います。最も読まれている漱石の小説でしょうね」

一段落したように息をついて、扉子先輩はワゴンの上に避けた紅茶を一口飲んだ。恭一郎は改めて『鶉籠』の表紙を眺めた。題字を囲むように花が印刷されている。

「作品に人気があって状態がいいから、この本に高い値段がついてるんですか？」

「いえ、理由はそれだけじゃないんです」

先輩は本を回して恭一郎の方に押しやり、再び扉のページを開いた。そして、右側にある大きな印鑑風の「漱石山房」の文字を指差した。

「これ、見て下さい」

言われるままに目を近づけた。印鑑風のデザインで作品名が印刷されたページがあったから、この「漱石山房」も当然そうだと思っていた。でも、よく見ると赤の色が妙に鮮やかだし、ところどころにかすれやにじみがある。まるで本当に印鑑を押したみたいに。

恭一郎ははっと顔を上げた。

「これ、ひょっとして本当に印鑑が押されてるんですか？」

「そうなんです」

と、彼女はうなずいた。

「漱石は自分の印章……印鑑にも関心が高くて、様々なデザインのものを作らせていました。この『漱石山房』の印は、『鶉籠』が出版された頃に漱石がよく蔵書に押していたものなんです。蔵書印ということですね」

説明の意味が頭に染みこむまで時間がかかった。蔵書印という言葉は、古書市を手伝った時に聞いた憶《おぼ》えがある。確か持ち主が自分の蔵書に押しておく印鑑だ。自分でデザインした蔵書票という小さな紙を貼るコレクターもいるけれど、日本では蔵書印の方が昔からよく使われていたとか。漱石もそういう人物だったのだろう。

この『鶉籠』には漱石の蔵書印がある。ということは――。

「夏目漱石本人が持ってた本、ってことですか？」

「そういうことになりますね。これは夏目家の蔵書なんです」

遠い時代の文豪が急に自分たちと繋《つな》がった気がした。よく見ると蔵書印の上あたりに、きれいな半円形の指紋が黒っぽく残っている。誰かが汚れた指で触ったのだろうか。ひょっとすると、夏目漱石本人の指紋かもしれない。確かに戸山圭が言った通りただの初版本ではなかった。「とても貴重なもの」だ。

「でも、それをどうして戸山先輩が持ってるんです？」

「それを解く鍵がここにあります」

先輩は『漱石山房』の印が押されたページをめくって、表紙の次にある見返しを開いた。何も印刷されていなかったが、よく見ると左端に赤い印鑑が押されていた。さっきの「漱石山房」とは違う、もっと小さな印だ。

四角い枠の中に四つの漢字が並んでいる。かすれ気味だったけれど、どうにか文字を読むことができた――「鎌倉文庫」。

「鎌倉文庫……？」

恭一郎はつぶやく。痛みを感じたように扉子先輩は唇を噛《か》む。彼女にとって今も口にしたくない話なのだろう。けれども、それ以上続きをためらうこともなかった。

「もう半年以上前になります」

と、先輩は言った。

「この『鎌倉文庫』の印に気付いたことをきっかけに、わたしは親友を失ってしまったんです……」

＊

わたしは本が好きです。

って、今さら樋口くんに説明する必要もないですね。物心ついた時から本ばかり読んできました。幼い頃は他の子と遊んだ記憶がなくて、本さえあれば友達はいいか、なんて本気で思っていたんですけど、本って人間が読むためのもので、乱暴に言えばどれも人間についてのことじゃないですか。

周りの人たちが考えていることや、心の中にあるものにも少しずつ関心が向き始めて……でも、うまくコミュニケーションが取れなかったんです。わたしの知識が本に偏っていたせいもありますけど、それ以上に人との距離感がつかめなくて。相手の気持ちを考えずに、言うべきでないことまで口にしてしまう……母にはよく注意されていました。

「他人を知ろうとするのはいいけれど、不用意に人の心を読み取ったり、それを指摘してはいけない」って。母はわたしよりずっと頭のいい人だから、分かっていたのかもしれません……わたしがどういう失敗をするのか。

話が逸れましたね。

圭ちゃ……戸山圭さんに会ったのは小学生の頃でした。

わたしと同じように古書店で生まれ育って、同じように本が大好きだったんです。無口だったけど、優しくて誠実で……すぐに仲良くなりました。中学までは学校も別でしたけど、同じ高校に通うようになって本当に嬉しかった。一緒に過ごす時間も増えて、毎日楽しくて楽しくて。だから少し……いいえ、かなり油断していたんだと思います。

圭ちゃん……ここには本人もいないし、今だけ以前の呼び方に戻しますね。

去年の梅雨が明けて、七月に入ったばかりの頃でした。圭ちゃんが「すごい古書を見せてあげる」って、わたしを自分のうちに呼んだんです。彼女が住んでいるのは由《ゆ》比《い》ガ浜《はま》にあるお店……もぐら堂の近くにあります。その日は圭ちゃん以外、誰もいませんでした。

「絶対、秘密だから」

と、机の引き出しから大事そうに取り出したのが、この『鶉籠』だったんです。開いてみて驚きました。「漱石山房」の落款は本物にしか見えません。

夏目家の蔵書は大学図書館や文学館に収蔵されていて、古書市場には滅多に出てこないはずなんです。漱石自身の著書、それもこんな美本が目の前にある……。

わたしは興奮して圭ちゃんに詰め寄りました。

「これ、どこから仕入れたの？」

てっきり、もぐら堂がお客さんから買い取ったと思ったんです。でも、圭ちゃんは笑って首を振りました。

「違う……これは、利平《りへい》おじさんの本。わたしが借りてるだけ」

利平おじさん……戸山利平さんの名前は、彼女からよく聞いていました。おじさん、と呼んでいますけど、正確には圭ちゃんの伯父ではありません。もぐら堂の初代店主で、圭ちゃんのお祖父《じい》さん……戸山清和《きよかず》さんのお兄さんです。つまり、大伯父にあたります。年齢も九十歳を超えているそうでした。

祖父の清和さんは圭ちゃんが生まれる前に亡くなっています。そのせいもあって、彼女は「利平おじさん」を祖父みたいに慕っていました。利平さんも圭ちゃんをとても可愛がっていたようです。色々な会社を経営されていて、引退してからは藤沢で一人暮らし。ご家族はいなくて、数年前から老人ホームに入っている……わたしが知っていたのはそれぐらいでした。

わたしは利平さんと直接の面識はありませんでしたし、どういう方なのかもよく分かっていませんでした。

「利平おじさんは、夏目家と縁のあった方？」

「違うと思う……もしそうなら、わたしもなにか聞いてるはず。ただ、漱石のファンではあるよ。わたしとも、よく漱石の話をしてるし」

ますます奇妙な話でした。夏目家の蔵書はただ「漱石のファン」というだけで手に入るものではありません。

「だったら利平おじさんは、これをどこから手に入れたの？」

と、わたしが尋ねました。

「それ、わたしも訊いた。『当ててみな』だって」

まるで何かのテストみたいです。どうしてそんな思わせぶりなことを……わたしが頭を悩ませていると、圭ちゃんは真顔になりました。

「扉子、なにか分からない？　わたしには、当てられそうもなくて。今週中に答えることになってるんだ」

タイムリミットまで決まっていたようです。色々と気になることはありましたけど、とにかく圭ちゃんに協力することにしました。夏目家にあったはずの『鶉籠』が、どういう経緯で縁もゆかりもない「利平おじさん」の手に渡ったのか……その謎を解くことに、わたしは興奮していたんです。

まずは『鶉籠』そのものに手がかりがないか、ページをめくって調べてみました。そこで見つかったのが例の「鎌倉文庫」の印です。少しかすれていて見にくかったせいか、圭ちゃんは気付いていなかったみたいでした。

「これは、利平おじさんの蔵書印？」

わたしが尋ねると、圭ちゃんは違うと言いました。

「利平おじさん、蔵書印は使ってないよ。鎌倉に住んだこともないし……もともと、鎌倉のコレクターが持ってた、とか」

鎌倉に住む古書コレクターが、自分の蔵書を「鎌倉文庫」と呼び、蔵書印も作っていた……利平さんはそのコレクターから手に入れた。ありそうな話ではあります。

なにも思い当たることがなければ、圭ちゃんの意見に賛成していたかもしれません。でも、しばらく眺めているうちに、この蔵書印には見覚えがあると気付きました。ずっと以前、うちの店……ビブリア古書堂の倉庫で、同じ印章が押された紙をちらっと目にした記憶があったんです。

その日の夕方、帰宅したわたしは、ビブリア古書堂の倉庫に行きました。

倉庫、と言っても母屋にある部屋の一つなんですけど。スチールの書架が何列も並んでいて、その中に古書の在庫がぎゅうぎゅうに詰めこんであります。ちゃんと片付いているところを見たことがありません。父が整理してスペースを空けようとすると、整理の苦手な母がそこに別の古書を置いてしまうんです。

ものの置き場所がしょっちゅう変わるので、記憶だけを頼りにはできませんでした。店にいる両親が来ないうちに、と思ってあちこち捜しているうちに、壁際の書架に大きなクッキーの缶を見つけました。蓋を開けると古びたメモや写真、はがきなどが沢山入っています。

仕入れた古書には色々な紙が挟まっていることがあるのは、樋口くんも知っていますよね。だいたいは捨ててしまうんですけど、念のため取っておいた方がいいと思われるものを、うちの両親がその缶に入れているんです。

目当てのものは底の方にありました。じっくり見たのはその時が初めてです。それは短冊状の紙で……実物を見せた方が早いですね。これがそうです。

扉子先輩がティーテーブルの上に細長い紙を置く。

恭一郎は身を乗り出して覗きこんだ。文庫本を縦に半分にしたぐらいのサイズで、かなり古いもののようだ。「讀《どく》書券」という大きな文字が印刷されている。確か「讀」

は「読」の古い字体だ。「券」の字に重ねるように「鎌倉文庫」の印鑑が押されていた。漱石の『鶉籠』に押されたものとまったく同じようだった。

下の方には横線で区切られた四角い枠が印刷されていて、数字や人名らしいものがいくつか書き込まれていた。一行目が「6・14」、二行目が「川端・25―」、そして一番下に「70」。どれもこれも、どういう意味なのか見当もつかない。

「読書券……？」

と、恭一郎は読み上げる。

「……なにこれ」

思わずそうつぶやくと、扉子先輩がふっと笑った。自分の素朴すぎる反応が恥ずかしくなる。彼女が慌てたように両手と首を大きく振った。

「あっ、ごめんなさい！　樋口くんの言ったことが可笑《おか》しかったわけじゃなくて、この読書券を見た時のわたしと反応があまりにもそっくりだったので、なんだか嬉しくなって……ほんとそうですよね！　『なにこれ』って感じですよ」

先輩は笑顔で話を続けた。

「読書券……なにこれ」

ビブリア古書堂の倉庫でそうつぶやいた時、突然後ろから声が聞こえました。

「捜し物?」

わたしはぎょっとしました。振り返ると両手いっぱいに全集物の古書を抱えた母が立っています。店にある在庫をしまいに来たみたいでした。

「うん、ちょっと」

と、緊張しながら答えます。樋口くんもわたしの母、篠川栞子と面識があるから、分かってくれると思うんですけど、普段は物静かでふんわりした感じなのに、大事なことを絶対見逃さない人です。祖母とは別の意味で怖いというか……。

書架の空いたところに古書を押しこみながら、母はいつもの優しい声で話しかけてきました。

「それを捜していたの?」

わたしの持っている読書券を、母はさりげなく見ていたようです。どう答えようかちょっと迷いました。でも、圭ちゃんは「絶対、秘密だから」と念押ししていましたし、事情を打ち明けないことにしました。

「ううん。調べたいことがあって本を捜してたんだけど、そこの缶を開けたらこれが入ってて」

と、嘘《うそ》をつきました。わたしはよく調べ物をしていますし、途中で脇道に逸れて全然関係ない資料を開いているのも珍しくありません。不自然な答えではないはずですが「それなら何を捜していたの？」と訊かれると面倒です。自分から質問することにしました。

「これが何なのか、お母さん知ってる？」

わたしは読書券を見せます。古書をしまい終えた母は、笑顔で近づいてきました。

「懐かしい。わたしがあなたぐらいだった頃、店で買い取った本……『川端康成《かわばたやすなり》選集』の端本に挟まっていたの。本の方はすぐ店に並べたけれど、気になったからこの券は取っておいた」

母がわたしぐらいだった頃……もう二十年以上前になります。まだうちの店を先代の祖父が経営していた頃です。祖母の智恵子は家を出てしまっていて、十代だった母が古書の買い取りや値付けを手伝っていたと聞いたことがありました。この読書券は母が保管していたものだったのです。

「鎌倉文庫ってなに？」

わたしが尋ねると、母は即答しました。

「若宮大路《わかみやおおじ》にあった貸本屋よ」

貸本屋というのは本をレンタルしてくれるお店です。鶴岡八幡宮《つるがおかはちまんぐう》のそば……若宮大路という鎌倉のメインストリートに、貸本屋があったなんて初耳でした。

「それっていつ頃の話？」

「貸本屋としての営業は、太平洋戦争の末期……一九四五年五月から、終戦直後の一九四六年十二月にかけて。一年半ぐらいかしら」

つまり八十年ほど前ということになります。知らなくて当たり前でした。

「この読書券はそこで使われていたんだね」

そうね、と言いながら、母は書き込まれた文字を指差しました。

「この『6・14』は貸し出された日付……一九四五年か一九四六年の六月十四日でしょうね。『川端・25—』は本の持ち主と保証金の額、最後の『70』は何かの客番号を示す数字……顧客番号かもしれないけど、このあたりはよく分からない」

「保証金って？」

「鎌倉文庫では本を貸し出す際、その価値に応じた保証金を預けることになっていたの。この読書券で言えば、保証金は「25円」ということでしょうね。客はまず顧客登録をして、借りたい本を受付に持っていく。そこで借り賃と一緒に保証金も渡して、本と読書券を受け取る……本を返却する時に読書券も渡すと保証金が返ってくる、ということだったみたい」

　母の話を頭の中で整理します。きちんと本を返せば保証金も返ってくる……盗難防止のシステムということでしょう。

「それだけ高価な本も貸し出していたってこと？」

「そうよ。本の持ち主はみんな鎌倉文士だったから」

「えっ？」

　と、わたしは目を丸くしました。母が話を続けます。

「あ、最初にそれを説明すべきだったわね……鎌倉文庫は鎌倉に住んでいた文士たちがそれぞれの蔵書を持ち寄って始めた貸本屋だったの。中心になったメンバーは高見《たかみ》順《じゆん》、久《く》米《め》正雄《まさお》、川端康成、中山義秀《なかやまぎしゆう》……彼らが友人知人に広く協力を呼びかけて、千冊ほどの本が集まったと言われているわ」

　わたしははっと手元の読書券を見直しました。「川端・25―」の文字。さっき母が「本の持ち主」と言っていたことを思い出したのです。この券が挟まっていたのは川端康成選集の端本。それの持ち主が「川端」ということは……。

「この読書券が挟まっていた本は、川端康成本人の蔵書だったということ？」

　母が静かにうなずきました。

扉子先輩は一つ息をついて、ワゴンに置かれたティーカップを手に取った。恭一郎もぬるくなった紅茶を飲む。話し始めてからどれぐらい時間が経っているのか、時計のないこの部屋でははっきりしない。かといってスマホで確認するのも気が引けた。のんびりしていると戸山圭が来てしまうかもしれない。扉子先輩が続きを話しやすいように、これまで聞いた内容を恭一郎なりに整理することにした。

「鎌倉に住んでいた作家たちが、鎌倉文庫っていう貸本屋を大昔に作って、自分たちの持っている本を貸し出してた……ここまでは合ってますよね」

はい、と先輩は澄んだ声で答えた。

「この読書券が挟まってた本……なんでしたっけ」

「川端康成選集。一九三八年に改造社から刊行されました」

川端康成の名前は恭一郎も聞いたことはある。ノーベル文学賞を受賞した、世界でも有名な作家だったはずだ。ここに近い鎌倉に住んでいたことも、貸本屋の経営に参加していたことも知らなかった。

「その本に鎌倉文庫の蔵書印は押されてたんですか？」

「お母さんの話だと押してあったみたいです。この『鶉籠』と同じ、見返しのところに。これまで見つかっている鎌倉文庫の本には、必ずその印が押してあるそうです」

「ってことは、この『鶉籠』も、鎌倉文庫に並んでたことになりますよね。川端康成選集みたいに」

「わたしもそう考えています」

恭一郎は腕組みをする。分からないのはここからだった。

「でも、夏目漱石が鎌倉文庫に本を出せるわけじゃないでしょう？」

川端康成が自分の蔵書を鎌倉文庫に並べる。これは分かる。でも、夏目漱石に同じことができるはずはない。さっき先輩も漱石が大正時代に亡くなったと言っていた。鎌倉文庫の開店した太平洋戦争の時代よりもずっと昔だ。だとしたら、一体誰が本を持ってきたんだろう。

そうですね、と先輩も同意した。

「ビブリア古書堂の倉庫で話した後、鎌倉文庫関係の資料を母から借りて、わたしなりに色々調べました。でも、夏目家の蔵書を誰が鎌倉文庫に持っていったのか、はっきりしないんです。漱石の次男である夏目《なつめ》伸六《しんろく》が鎌倉文庫に協力していますから、彼を通じて夏目家から提供されたのかもしれません。

分かっているのは、鎌倉文庫に漱石の初版本が何冊か並んでいたらしい、ということだけです」

扉子先輩は大型の分厚い茶封筒を膝に載せた。几帳面《きちようめん》な字で「鎌倉文庫関連資料」と書かれている。いかにも先輩の書きそうな字だったが、封筒がだいぶ古びていることは気になった。彼女は封筒から一冊の本を出してティーテーブルに置いた。

中村苑子《なかむらそのこ》『俳句礼賛　こころに残る名句』──漱石の『鶉籠』よりずっと新しそうな本だった。

「あの、この本は……？」

戸惑った恭一郎が先輩の顔を窺《うかが》う。俳句に関係する本のようだが、これまでの話との関係が見えない。

「二〇〇一年に刊行された俳人の中村苑子のエッセイ集なんですけど、ここに重要な証言があります。戦時中、藤沢市に住んでいた著者は鎌倉文庫で働いていました。そのことをエッセイに書いているんです……ここ、見て下さい」

開かれたページに「鎌倉文庫のこと」というエッセイの題名がある。先輩の指差した先には、こんな文章があった。

店の三方の壁に、何段も高く積み重ねられた書棚には、夏目家から出された、漱石の蔵書印のある『源氏物語』の全巻や、『草枕』『吾輩は猫である』などの初版本、永井荷風の『ふらんす物語』や『濹東綺譚《きたん》』の同じく初版もの、または、北原白《きたはらはく》秋《しゅう》の、石井柏亭《いしいはくてい》挿絵入り『邪宗門』などと、数えあげればきりのないほど、目も眩《くら》むような貴重本がぎっしりと並んでいた。

ここに『鶉籠』は含まれていないけれど、きっと一緒に並んでいたのだろう。そして、鎌倉文庫には他にも漱石の初版本があったのだ。

「漱石以外の作家の本も、珍しいものなんですよね」

「もちろん。こういう初版本が他にも多数あったとすると、貸本屋と呼んでいいのか迷うぐらい豪華な品揃《ぞろ》えですね。実際、開店当日から大盛況だったみたいです」

「でも、作家がなんで貸本屋を……あ、ここに書いてありますね。『精神的に渇ききっていた戦時下の人々の心に潤いを与えたいと、『こんな時にこそ、人間には書物が必要なのです』という主旨のもとに』って」

恭一郎は中村苑子のエッセイを読み上げる。とても立派な目的だ――けれども、扉子先輩は「うーん」と困ったように首をかしげている。

「違うんですか？」

「いえ、そういう目的はあったと思うんですけど、収入の問題も大きかったと思います。戦時下で自由に執筆活動が出来なくなって、生活の苦しくなった文士も多かったんです」

事情が分かりやすくなって、恭一郎にはむしろ親近感が湧いた。どんな素晴らしい作品を書く作家でも、みんな生活費は必要なのだ。

「大盛況だったってことは、儲《もう》かってたんですか？」

「開店してしばらくはうまく行っていたみたいです。文士たちに配られた配当金もかなりの金額だったそうですし」

恭一郎のざっくりした質問にも、先輩は丁寧に答えてくれる。

「戦争が終わると、鎌倉文庫は貸本屋だけではなく出版事業にも乗り出します。文士たちもそちらが忙しくなって、貸本屋を他の人に譲ってしまうんです。結局、店は一九四六年末には閉店しました」

貸本屋の次は出版事業を始める——それもよく分からないけれど、作家の仕事としてはそちらの方が本業に近そうだ。

「出版事業の方はどうなったんです？」

「出版社としての鎌倉文庫も、五年ほどで倒産しました」

「じゃ、今はもう何も残ってないんですね」

「ええ。活動していたのはほんの短い間だけですし、事情を知る関係者も皆亡くなっていて、調べようとしても分からないことばかりなんです……わたしがなにより驚いているのは」

内緒話みたいに彼女の声が低くなった。思わず恭一郎も身を乗り出す。

「貸本屋の鎌倉文庫に並んでいた文士たちの蔵書……千冊と言われていますけど、その大半が行方不明なんです。数冊を除いて、存在が確認されていません」

「え……」

恭一郎は息を吞《の》む。「数えあげればきりのないほど」の「目も眩むような貴重本」が並んでいたと、さっきのエッセイにも書かれていた。すべて揃っていれば相当の価値があるはずだ。

「持ち主の作家たちのところへは戻らなかったんですか?」

「貸本屋事業を人に譲った時、蔵書も一緒に譲ったそうです。その後、閉店した時にそれらは売り払われたと言われていますけど、どういう人が買い取ったのかは分かっていません……少なくとも、古書市場にまとまった形で出てきたことはないみたいです」

作家たちの蔵書だった千冊の貴重な本が行方不明――それこそミステリー小説にでも出てきそうな謎だ。現実にそんな出来事があるなんて。

いつのまにか、先輩は『鶉籠』に目を落としていた。この本がまさに「行方不明」だった一冊ということになる。

「この『鶉籠』が鎌倉文庫の謎を解く鍵になる……あの時、そう思ってしまったんですよね」

先輩の目元には暗い影が差している。これまでも彼女はこんな目をすることがあった。恭一郎と本の話をしていて、ふと沈黙が流れた時に浮かべる表情だ。『鶉籠』のことを思い返していたのかもしれない。

「それどころか、わたしなら鎌倉文庫の本を見つけられる、そんな考えすら抱いていました。そういう思い上がりが、間違いの元だったんです……」

続きを話す前に、扉子先輩は深いため息をついた。

次の日曜日、わたしは圭ちゃんと藤沢本町《ふじさわほんまち》の老人ホームへ向かいました。週に一度、戸山利平さんに会いに行く圭ちゃんに同行したんです。もちろん、鎌倉文庫について尋ねるつもりでした。

「普段は戸山のおじさんたちも一緒に行っているの？」

藤沢駅から歩きながら、わたしは何気なく尋ねました。

「だいたいは、わたし一人」

圭ちゃんは微妙な顔で首を振ります。それで思い当たることがありました。

戸山家は圭ちゃんと彼女の両親、祖母の四人家族です。わたしもよくお邪魔をして、戸山のおじさんやおばさん、お祖母《ばあ》ちゃんともよくお喋りをしていました。でも、近くに住んでいるわりに「利平おじさん」のことは滅多に話題になりませんでした。たまに名前が出ても、いつのまにか別のことに話が変わっていたり。

圭ちゃんを除く戸山家の人たちと「利平おじさん」の間には、少し溝があるのかもしれません。

利平さんがわたしたちを待っていたのは、マンションのような老人ホームの個室でした。部屋に入る前、利平さんは前の晩に目まいがして、今日は念のためベッドで過ごしている、血圧が高いから無理をさせないで欲しい、という意味のことをスタッフさんから伝えられました。

なにしろ九十代という高齢の方です。圭ちゃんも心配していました。「体調が悪そうだったら、長居をしないで早めに帰ろう」と二人で話し合ってドアを開けた途端、

「圭、よく来た！　久しぶりだな！」

と、ぴんと張りのある大声が廊下まで響いてきました。そこは陽当《ひあ》たりのいい、こぢんまりとした部屋でした。背の高い書架が二つとクローゼットが壁際に並び、反対側の壁際にベッドが置かれていました。

ベッドには作務衣《さむえ》を着た小柄なおじいさんがあぐらをかいていました。手足は細く、髪の毛のほとんどない、見るからにかなりお年の方でしたけど、赤みのある頰はつやつやしています。

その方が戸山利平さんでした。

利平さんはベッドの上に立ち上がって、壁掛けの時計を確認しました。

「相変わらず時間ぴったりだな。いい心がけだ。人んちに行く時は、遅すぎても早すぎてもいけねえ」

早口で喋りながら、ぴょんと床に飛び降りました。少しよろけましたけれど、具合が悪いとはとても思えません。目を丸くしているわたしたちへ、せかせかと近づいてきます。

「こんにちは。篠川扉子といいます。圭ちゃんの友達で……」

わたしが自己紹介しようとすると、

「おお、そうかそうか。あんたも久しぶりだな」

聞いているのかいないのか、利平さんは何度もうなずきました。

「扉子とは初対面……わたしは、先週も来てるし」

苦笑いで圭ちゃんが口を挟みます。ちょうど通りかかったスタッフさんが、今日は無理をしないように、と利平さんに注意しました。以前も近道だからと一階の窓から外に出たり、急いでいるからと階段を駆け下りたりして、軽い怪我《けが》をしたこともあったようです。せっかちで無鉄砲……まるで、『坊っちゃん』の主人公みたいだと思いました。

利平さんにはベッドに戻ってもらって、わたしたちは近くの椅子に腰掛けました。とにかくよく喋る方《かた》で、無口な圭ちゃんに向かって自分の近況や体調について、歯切れ良く話し続けました。圭ちゃんは相づちを打ったり、笑って頷いたりして、楽しそうに耳を傾けています。それこそ仲良しの祖父と孫みたいでした。

わたしは邪魔をしないように黙って座り、利平さんの書架をちらちら眺めていました。明治大正昭和の日本文学を幅広く読まれているようで、ぱっと目を惹《ひ》いたのが筑《ちく》摩書房《ましょぼう》の『現代日本文學《ぶんがく》全集』全巻と夏目漱石の全集でした。漱石の全集は三種類あって、岩波書店のものが二種類、新書版『漱石全集』と、ずっと後に出た『定本 漱

石全集』。それに集英社版の『漱石文学全集』……『現代日本文學全集』と新書版の

『漱石全集』は一九五〇年代に刊行された古い版のようでした。

わたしの祖母は「持っている本を見れば、持ち主の人となりはだいたい分かる」とよく言っています。母も似たようなことはできますけど、わたしにそこまでの知識や洞察力はありません。ただ、利平さんが若い頃から文学に強い関心をお持ちで、圭ちゃんの言っていた通り、漱石のファンだということはよく理解できました。

「まあ、俺も昭和六年生まれだからな。卒寿もとっくに過ぎてる身だ。人生からもやがて卒業だろうよ」

どういう話の流れなのか、利平さんは急にそう言ってからから笑いました。

「そういうこと、言わない」

と、圭ちゃんは眉をひそめています。ただ返事に困っているのではなく、心の底から嫌がっている様子です。本当に利平さんが好きなんだな、とわたしは思いました。

ちょっと微妙な空気を変えるように、圭ちゃんが『鶉籠』の初版本を出しました。

「ああ、それ。お前に預けたんだっけな。すごい初版本だろう？　どっちにしろ、俺が死んだらお前に譲るつもりだけどよ」

漱石の蔵書だった『鶉籠』を譲る……さらっと爆弾発言が飛び出して、圭ちゃんが

絶句しています。

「どこから手に入れたのか、当てるんでしたよね。今日までに」

思わず口を挟むと、利平さんは怪訝《けげん》そうにわたしを見ました。初対面の大姪《おおめい》の友達が、いきなり話に参加してきたら戸惑うに決まっています。でも、ここで引くわけにはいきません。鎌倉文庫の謎を解く鍵が目の前にあるのです。

「そのことで、ぜひお話を伺いたくて！」

わたしは自分が知り得たことを手短に語りました。この『鶉籠』が漱石の蔵書であり、夏目家から貸本屋の鎌倉文庫に提供された一冊らしいこと。そして、行方が分からない千冊の蔵書に繋がる可能性を秘めていること……。

利平さんはじっと耳を傾けていました。やがてわたしが話し終えると、いかにも感心したようにぱちぱち拍手しました。

「いや、全く大したもんだ。あんたみたいな若い娘さんがそこまで調べ上げるとは、驚き桃の木山椒《さんしょ》の木だ」

茶化しているのかなと一瞬思いましたが、利平さんの顔は真剣そのものです。でも、実際のところわたしは自宅にあった資料から知識を得ていて、自力で「調べ上げ」たことはほとんどありません。ただの付け焼き刃でした。

「それで、お嬢さんはどういういきさつで、俺が『鶉籠』を手に入れたと思うね」

利平さんが尋ねます。そうでした。結局、肝心の問題にわたしは答えられていません。かといって「分かりません」では話が終わってしまいます。とにかく予想がつくところまで答えました。

「貸本屋が閉店した時、蔵書は売り払われています。つまり、買い主がどこかにいるはずです。その方からなにかの事情で譲られたか、代金を支払って買い取ったか……ではないでしょうか」

わたしは息を詰めて利平さんの反応を窺います。しばらく考えこんでから、彼はにやっと入れ歯を見せて笑いました。

「悪くねえ読みだ。だいたい正解ってことでいいだろう……もう五十年、いやもっと前か。金に困った知り合いから相談を持ちかけられたんだ。少し金を用立ててくれないかってよ。

その知り合いには古本集めの趣味があってな、担保として差し出したのが本だった。俺は日本文学をよく読んでたし、漱石の愛読者でもあったから、引き受けてくれると思ったんだろう。実のところ、俺は古本にさほど興味はなかったし、古本屋をよく使ってたわけでもなかったが、頭を下げられて放っておくなんて不人情な真似《まね》はできねえ。

結局、金は返ってこなかったし、持ち主ももう亡くなってる。それで、この『鶉籠』は俺のものになったわけだ」

詳しい事情はぼかされていますが、一応は筋が通った話です。わたしははっとしました。鎌倉文庫で貸し出されていた本は『鶉籠』だけではありません。漱石の初版本だけでも他にあったはずです。わたしは尋ねました。

「『鶉籠』以外の本はどこへ行ったんですか？」

「どこにも行っちゃいねえよ」

と、利平さんが答えます。意味が分かりません。戸惑って顔を見合わせているわたしと圭ちゃんに、利平さんはこともなげに続けました。

「他の本も一冊残らず、俺がその時担保として預かったんだ。つまり、今は俺が鎌倉文庫の本の持ち主ってことになるな」

恭一郎は呆然《ぼうぜん》とした。

つまり、貸本屋に並んでいた千冊の本が見つかったということに——いや、扉子先輩はなにかの「間違い」があった、というようなことを言っていた。本好きの先輩たちが貴重な古書を見つけて仲違《なかたが》いするのもおかしい。

きっと予想外の出来事が起こったのだ。

先輩は膝に手を置いて俯いている。テーブルよりもずっと下を眺めているような、遠い目をしていた。嫌な記憶を掘り起こして楽しいはずがない。

「持ち主っていうことは、利平さんがどこかにしまっているってことですか？」

「老人ホームの近く……藤沢本町にある戸山家の土蔵に置いている、と利平さんは言っていました」

「……土蔵」

時代がかった言葉に恭一郎の耳が反応する。庶民の家に土蔵はない。一体どういう家だったんだろう。

「太平洋戦争が始まる前まで、戸山家は大きな呉服店を経営していたんです」

その疑問に答えるように、扉子先輩が説明する。

「店は畳んでしまいましたが、明治時代からの大地主でもあり、かなりの財産を持っていたそうです。でも、年月が経つにつれてそのほとんどを失って……圭ちゃんの祖父の清和さんは、借金をして藤沢市の長後《ちょうご》にもぐら堂を開いたんです」

「由比ガ浜じゃなかったんですか？」

「最初の店舗は長後でした。十年ぐらい前に移転したんです」

長後は藤沢市の中心から外れている。財産が残っていれば、別のところで開業したかもしれない。

「あれ？　でも土蔵があるってことは、その土地もまだ残ってますよね」

「公道に面していないとかで、売れなくて処分に困っているって圭ちゃんから聞いています。戸山家の人たちも、建物が壊れていないか確認しに行くぐらいで、この数十年誰も中に入ったことはないとか」

「先輩たちは、中に入ったんですよね」

恭一郎が尋ねる。

「もちろんです」

ため息まじりに答えて、扉子先輩はその後の出来事を語り出した。


次の日の放課後、わたしと圭ちゃんは戸山家の土蔵の前にいました。

百年ほど前からあるという古い建物で、白い壁は薄汚れてあちこちにひびが入っていましたけれど、蔵としての役割を果たせないほど傷んではいません。

四方を住宅に囲まれた土地には雑草が生い茂っています。まるで時間が止まっているような場所でした。

「わたしも、久しぶりに来た……中に入るのは、今日が初めて」

圭ちゃんが制服のポケットから、古い鉄の鍵を取り出しました。その土地は利平さんの名義になっていますが、建物の管理は圭ちゃんのお父さんに任されています。だから、由比ガ浜の戸山家に鍵は保管されていました。それをこっそり持ってきてもらったのです。

引き戸を閉ざしている錠前は赤く錆《さ》びていましたが、鍵を差しこむと問題なく外すことができました。いよいよ鎌倉文庫の本と対面できるかもしれない。わたしはわくわくしていました。

「……扉子」

と、圭ちゃんに低い声で呼びかけられました。わたしと違って彼女はどこか浮かない顔をしていました。感情をあまり外に出さないので気付きませんでしたが、そういえば土蔵に着くまでずっと様子がおかしかったかもしれません。

「ここになにがあるのか、わたしも知りたいと思ってる……でも、もし扉子の望むものが出なくても、気を悪くしないで」

「どういうこと？」

　圭ちゃんは引き戸に手をかけたまま、わたしを振り返りました。

「わたしの知る限り、今の利平おじさんにはまともな財産がない。わたしの曾祖父の代まで、戸山家がこの一帯の地主だったのは知ってるよね。曾祖父が亡くなった後、ほとんどの土地を売り払ったのは利平おじさん……おじさんが、戸山家の財産を使い果たしたの。それでみんな苦労したみたい」

　無口な彼女にしては珍しく多弁です。わたしは戸山家の人たちと「利平おじさん」の間に微妙な距離があることを思い出しました。お金の問題が絡んでいれば、そうなっても不思議はありません。

「でも、利平おじさんは決して悪い人じゃない。それはうちの家族も分かってる……お人好《ひとよ》しの人情家で、後先考えないから騙《だま》されやすかった、ってお祖母ちゃんも言ってた。自分のために、他人を騙すようなことはしない……一人だけ得をしようとか、そういう考えはない人」

「『人に隠れて自分だけ得をするほど嫌な事はない』ってこと？」

　わたしは『坊っちゃん』の一節を口にしました。あの主人公の性格そのものです。

圭ちゃんもそれを意識していたのか、嬉しそうに笑いました。

「そう。利平おじさん、中学生の時に初めて『坊っちゃん』を読んで、すごく影響を受けたんだって。だから『小供《こども》の時から損ばかりしている』……もし、貴重な古書を大量に買い取ったとしても、ただ保管しているなんて、ちょっと想像できない」

誰かのために売り払っているかもしれない、期待しすぎない方がいい、ということのようです。「分かった」とわたしは答えました。なにしろ長い間、行方不明になっている本です。もし見つかればラッキーで、見つからないのが当たり前、と自分に言い聞かせました。

でも、心の底では分かっていなかったんです。

圭ちゃんが引き戸を開けると、埃《ほこり》っぽい澱《よど》んだ空気が暗がりから流れ出しました。わたしたちは観音開きの窓を開けます。

西日に照らされた土蔵の壁際に、ぼろぼろになった木製の書架がずらりと並んでいました。ただ、ほとんどの棚は空っぽです。古びた月刊誌……昭和中期の中央公論や文藝春秋《ぶんげいしゆんじゆう》のバックナンバーが数十冊、縛られた状態で棚に置かれているだけでした。どれも価値はなさそうでしたし、どう見ても鎌倉文庫とも関係ありません。書架自体もかなり粗悪なもので、雑誌の載った棚は今にも折れそうなほどたわんでいます。貴重な古書を収められるものではありません。

書架以外にあるものと言えば、引き出しの抜けた簞笥《たんす》やひびの入った鏡台など、使えそうもない家具ばかりです。結局のところ、この土蔵はがらくたの放りこまれたただの物置きでした。

「ないみたいだね」

と、圭ちゃんが静かに言います。わたしは複雑な心境でした。「どう見てもここにはない」という失望と、「どこかに手がかりがあるかもしれない」という願望が胸の中でせめぎ合っています。

「でも、ここに本がないんだったら、どうして利平さんはあんな話をしたのかな」

と、わたしはつぶやきました。利平さんは冗談を言っているように見えませんでした。他人を騙すようなことをしない――圭ちゃんもそう言っていましたし、『坊っちゃん』の主人公だって「おれは嘘をつくのが嫌い」なはずです。

「……あれ、なんだろう」

　圭ちゃんは隅の書架に置かれたものを指差します。それは小ぶりの茶箱でした……茶箱というのは、お茶を保管するための木の箱です。蓋を閉めると密閉性が高いので、昔はよく着物などをしまっていたそうです。古書を入れるコレクターもいたと聞いたことがあります。

　さっそく、二人で引っ張り出して蓋を開けてみました。金属で内張りされた箱の中には、残念ながら本は入っていません。ただ、平たい緑色の紙箱が底の方にありました。圭ちゃんの手のひらに載るぐらいの大きさで、何かのパッケージのようです。「8mm」の文字が印刷されています。

「たぶん8ミリフィルムってやつだと思う。利平おじさんが撮影用のカメラを持ってたって聞いたことがある」

昔の映像の入ったフィルムなのでしょう。箱には黒いペンで「1973.11」と書かれています。一九七三年の十一月に撮影された、という意味かもしれません。

ふと、わたしは箱の底に別のものも落ちていることに気付きました。古びた二枚の紙です。拾い上げると一枚は新聞記事の切り抜きでした。文面はこうだったと思います。

川端康成氏が旦那《だん》、高見順氏が番頭、二番頭に中山義秀氏それに久米正雄氏が顧《こ》問といふと堅《かた》くなるが、後見人格《かく》で、看《かん》板を書いたり小僧にもなるといふのがフクチャンの横山隆《りゅう》一ドン、かういった顔ぶれで鎌倉《かまくら》に貸本屋が出現する、名前は鎌《かま》倉《くら》文庫《こ》、八幡《まん》通りに五月一日開店とある……

鎌倉文庫が開店することを報じた記事でした。たぶん一九四五年五月頃のものでしょう。どうしてここに、と思いながらもう一枚の紙に目を移した時、わたしの心臓がどきんと鳴りました。

二枚目の紙には「讀書券」と印刷されていました。ビブリア古書堂に母が保管していたものと同じ体裁で「鎌倉文庫」という印も押されています。

ただ、書き込まれている文字や数字は違っていました。一行目が「5・2」、二行目が「夏目・25—」、そして一番下に「10」……そして、券の端には指紋の跡がきれいに半分残っていました。

「どうしたの、扉子」

わたしの顔色が変わったことに気付いたのでしょう。圭ちゃんが心配そうに話しかけてきました。

「何でもない。うちに鎌倉文庫の読書券があったって話したでしょう。別の券がここにあっただけ」

わたしはなるべく普段通りの声で答えます。

けれども背筋は氷のように冷たく、動揺を押し隠すのがやっとでした。

数日後の放課後、わたしは再び藤沢本町の老人ホームへ向かいました。

今度は一人だけです。圭ちゃんがもぐら堂を手伝っていて、万が一にも現れない日を選びました。事前に連絡したわけではありませんが、「この前お目にかかった戸山圭さんの友人で、どうしてもお話ししたいことがある」と伝えてもらうと、意外にあっさり利平さんは会ってくれました。

「……よう、久しぶり」

わたしの顔を見ると、利平さんは軽く手を上げました。相変わらず作務衣姿でベッドにあぐらをかいています。つい数日前に会ったばかりですが、口癖なのかもしれません。わたしは椅子に浅く腰掛けました。

「この前、利平さんがお話ししていた本町の土蔵を、圭ちゃんと見に行ってきました」

利平さんは驚いたように目を見開きました。まさかこんなに早く行くとは思わなかったのでしょう。

「……中に入ったのか？」

「入りましたけれど、なにもありませんでした……鎌倉文庫の本どころか、本らしい本もありませんでした」

わたしの声は刺々《とげとげ》しかったと思います。利平さんは戸惑ったように軽く頭をかきました。

「あそこには確かに鎌倉文庫の本があるはずなんだが。あんたには話したんだったかな。もう五十年以上も前、金に困った知り合いから相談を持ちかけられてよ」

歯切れよくこの前と同じ説明が始まりました。話の主導権を握られそうで、わたしは慌てて口を開きました。

「担保として本を預かったんですよね。その話は伺いました。でも、やっぱりなかったんです」

「そいつはおかしいな」

悪びれた様子もなく、利平さんは腕組みをします。それから、芝居がかったしぐさでぽんと手を打ちました。

「ああ、そうかそうか。俺の弟だ。弟の清和が勝手に売っ払ったに違いねえ。あいつは古本屋だからな」

わたしの頭にかっと血が上りました。まともな古書店主が他人の蔵書を勝手に売り払うわけがありません。先代のもぐら堂さんは堅実な仕事ぶりで知られていたと母からも聞いていました。利平さん自身の弟で、圭ちゃんの祖父でもある人を悪く言うなんて。

「知り合いから預かったとおっしゃってましたけど、それは本当ですか？」

「馬鹿を言うな。本当に決まってるじゃねえか」

言葉では強く否定しましたが、利平さんの声は少し小さくなっていました。

「その証拠に俺は『鶉籠』だって持ってる。夏目家から出た初版本で、鎌倉文庫に並んでた現物だ。あれを見ればあんただって納得するだろう」

「今、圭ちゃんが預かっている『鶉籠』は、わたしも見せてもらっています。でも、あれは証拠になりません」

わたしはスクールバッグのポケットから、土蔵で見つけた読書券を出しました。

「これに見覚えがありますよね」

利平さんはヘッドボードの棚にあった眼鏡をかけて身を乗り出してきます。しばらく眺めてから、わざとらしく首をひねりました。

「いや、憶えがねえな。なんだこいつは」

「戸山家の土蔵で見つけました。間違いなく『鶉籠』に挟まっていたものです」

「どうしてそう言い切れる」

わたしは読書券の端についている指紋を指差しました。

「ここに半分途切れた指紋がついています。同じように半分だけの指紋が『鶉籠』の扉にも残っていました」

　わたしは以前撮影させてもらった『鶉籠』の画像……『漱石山房』の蔵書印がある扉ページの右側をスマホに表示させました。指紋の写っているあたりだけを原寸大まで拡大して、読書券の指紋と場所を合わせます。

　ぴたりと一致して、一つの指紋になりました。

「たぶん指が汚れていることに気付かず、読書券が挟まったままの『鶉籠』のページに触れてしまったんでしょう。それで本と読書券の両方に指紋が残ったんです。この指紋、利平さんのものと一致すると思いますよ」

　利平さんはふんと鼻を鳴らしました。

「話の筋が見えてこねえな。その券と本の両方に俺の指紋が残ってると、一体なんだっていうんだ」

　その問いに直接答えず、わたしは別の紙を出してベッドの上に置きました。鎌倉文庫が開業することを伝えた、新聞記事の切り抜きです。

「これも土蔵で見つけました。切り抜いたのは利平さんですよね」

　利平さんは無言のまま新聞記事を見下ろしています。わたしはさらに話を続けました。

「利平さんは鎌倉文庫を利用していた客だったんじゃありませんか？　あなたは昭和六年……一九三一年生まれです。貸本屋が開業した一九四五年には中学生で、鎌倉へはしょっちゅう行き来していたでしょう……そういえば『坊っちゃん』を初めて読んだのは中学生の頃ですよね。あの『鶉籠』の初版本で読んだんじゃないですか？」

言い訳を考えるように、利平さんは軽く天井を見上げました。一瞬だけ両目に宿った鋭い光は、正直で純粋な『坊っちゃん』の主人公とはかけ離れていて……わたしは赤シャツを連想しました。

「もしそうだとしても、別におかしなことはねえぜ」

こちらの話を認めているようで認めていない、注意深く慎重な答えが返ってきます。無鉄砲でもなんでもない人だと思いました。

「確かに俺は鎌倉文庫で『鶉籠』を借りたかもしれねえ。でも、それから何十年も後に知り合いから『鶉籠』を買い取った。こう考えれば、何の不思議もねえだろう」

「だったらどうして読書券がここにあるんですか！」

ついに耐え切れなくなって、わたしは大きな声を出してしまいました。

「鎌倉文庫では本を返却する時、読書券も一緒に渡して保証金を返してもらう仕組みになっていました。読書券は手元に残らないはずです……もし残るとしたら、借りたまま返却していない場合だけなんです！」

　利平さんの赤ら顔から血の気が引いていきました。

　昔、ビブリア古書堂に入荷したという、読書券が挟まった『川端康成選集』もきっとそういう一冊だったに違いありません。盗難防止のために保証金を預ける……見方を変えれば、保証金を諦めるだけでどんな本でも手に入るんです。それが夏目家から提供された、漱石の蔵書印のある貴重な初版本であっても。

「なんにしたって、もう大昔の話じゃねえか」

　がっくりと首を折った利平さんは、うめくように言いました。

「俺はまだ子供だった……うちは裕福だったが、親父《おやじ》は頑固一徹の男でな。商家の跡取りに文学の趣味なんざ不要だってんで、俺は一冊の文学書だって買うのを許してもらえなかった。自分だけの大事な一冊ってやつが、どうしても欲しかったのは憶えてる……他のことはもう、忘れちまったよ」

　わたしは呆《あき》れました。まだとぼけるつもりだと思ったんです。でも、なによりも許せないことがありました。

「圭ちゃんに、横領した本を譲るつもりだったんですか？」

初めて『鶉籠』を見せてくれた時の、嬉しそうな顔がまだわたしの頭に焼き付いていました。彼女の「利平おじさん」への信頼も裏切っている……それがなにより腹立たしかったんです。

「別にいいじゃねえか。もしあの時くすねたとしても、今は俺が持ってることに変わりはねえ……鎌倉文庫の本の持ち主は俺だ。目も眩むような珍しい本が、うちの土蔵にはしまってある……それは確かな話なんだ」

まるで自分を説得するように、利平さんは細い声で話し続けています。完全に自分の世界に入っていて、わたしの存在も忘れているようでした。

「あの土蔵にあった書架は粗悪品で、大量の本を長い間しまっていたら、間違いなく棚板がたわみます。そんな跡はどこにもありませんでした」

一応そう反論しましたが、利平さんはもう返事をしませんでした。ぶつぶつと口の中でなにかつぶやいているだけです。

(世の中に正直が勝たないで、外に勝つものがあるか)

わたしは皮肉な気分で『坊っちゃん』の一節を思い出していました。正直にすべてを語ることは、もう利平さんの中でなんの意味も持っていないようでした。

重苦しい気分のまま、わたしは椅子から立ち上がります。結局、鎌倉文庫の謎を解くことはできず、年老いた利平さんの過去を暴いただけでした。

静かに廊下へ出た時、背後から利平さんの言葉が耳に届きました。

「俺は昭和六年生まれだからな……卒寿もとっくに過ぎてる……人生からもやがて卒業だろうよ……」

わたしがドアを閉めると、そのつぶやきもぷつりと途切れました。


圭ちゃんに『鶉籠』のことを伝えるべきか迷っていました。このままいけば、あの初版本はいずれ彼女のものになります。真実を知れば傷つくでしょうが、かといってこのまま放置することもできません。

決心がつかないまま数日が過ぎて、圭ちゃんが突然わたしを自分の家に呼びました。もぐら堂の近くにある圭ちゃんの家には、その日彼女一人しかいませんでした。他の家族がもぐら堂で働いている時間を選んだと気付いたのは後のことです。

「利平おじさんに、何を言ったの」

圭ちゃんの部屋で向かい合った途端、いきなり硬い声で訊かれました。

「この前、会いに行ったよね」

こうなってはもう隠しておけません。わたしは何もかも話しました。土蔵で気が付いたことも、それを利平さんにすべて伝えたことも。聞いているうちに、圭ちゃんの目つきはそれまで見たことのない、冷ややかなものになっていきました。

でも、わたしはまだ楽観していました。説明すればきっと分かってもらえる、こうするしかなかったんだ、と。それはわたしの態度にもにじんでいたはずです。自分の考えが間違えている可能性を、まったく想定していませんでした。

「つまり、こういうことだね」

最後まで聞き終えてから、押し殺した声で圭ちゃんは言いました。

「利平おじさんは、あんたのかけた疑いを最後まで認めなかった」

一瞬、虚を突かれましたが、わたしはすぐに言い返しました。

「でも、どう考えても態度はおかしかったよ。圭ちゃんの気持ちは分かるけど、あれはごまかしていただけだと思う」

「ごまかしてない」

圭ちゃんは首を振ります。

「利平おじさんは、初期の認知症なんだ……もともと話好きだし、相手の話に合わせるのも上手だから、気付かれにくいけど」

わたしは絶句しました。

言われてみると思い当たることはいくつもありました。毎週会いに来ている圭ちゃんや、数日前に会ったばかりのわたしに「久しぶり」と声をかけていたこと。同じ説明を繰り返していたこと、「憶えていない」「忘れた」を連発していたこと。

二度目にわたしが訪ねた時、利平さんはこちらの質問に答えるばかりで、自分からほとんど発言しませんでした。最初の訪問で鎌倉文庫についてわたしと話したことを憶えていなかったのかもしれません。必死にわたしに話を合わせつつ、大事なところでは記憶がないことを正直に伝えていたとしたら……。

「利平おじさん、怪我したんだ」

「えっ！」

「階段を踏み外して、足首をひねったの。ここ何日か塞ぎ込んでて、様子がおかしかったってホームのスタッフさんが言ってた」

体が震え始めました。あんな風にわたしが追い詰めたことと、無関係なはずがありません。

「ごめんなさい……でも、あの『鶉籠』が借りたまま横領されたものかもしれないって思ったら……」

最後まで言わせずに、圭ちゃんが叫びました。

「いい加減にして！」

　わたしは凍りつきました。普段は物静かで優しい彼女が、そんな風に怒りを露《あら》わにするところを、これまで見たことがありませんでした。

「扉子はね、利口ぶって利平おじさんを追い詰めただけ。もし自分の言ったことが事実じゃなかったら責任取れる？　鎌倉文庫があったのは大昔で、分からないことだらけなんでしょ。読書券が必ず回収されてたのかも、本についてたのが本当に利平おじさんの指紋だったのかも、結局分かってないじゃない」

圭ちゃんの言う通りでした。ビブリア古書堂の倉庫で読書券について説明した時、母も断言はしていませんでした。わたしがそれを忘れていたのです。

「だったら、あの『鶉籠』はどこから来たことになるの？」

「おじさんが言った通りじゃない？　中学生の頃に借りた『鶉籠』ごと、鎌倉文庫の本全部を大人になってから買い取った……他の本は処分したのか、そのあたりは分からないけど、思い出のある初版本だけは手元に残しておいた。それで一応は説明がつくよ」

思わず耳を疑いました。利平さんの話で一番怪しいところです。

「利平おじさんが鎌倉文庫の本を買い取ったって、圭ちゃんは本気で信じてるの？

いくらなんでも、ありえないと思う」

圭ちゃんの頬がぴくっと震えます。必死に怒りを抑えこんでいるのが伝わってきました。でも、わたしもそこだけは譲れませんでした。自分の考えに自信があったんです。

急に立ち上がった圭ちゃんが、緑色の紙箱とタブレットの端末を自分の机から持ってきました。紙箱には「1973.11」と数字が書かれています。土蔵で見つかった8ミリフィルムでした。

「こういう8ミリフィルムの映像を、動画ファイルに変換してくれる業者がある……土蔵に入った次の日に依頼したら、昨日動画が届いた」

圭ちゃんはタブレットに保存されている動画ファイルを再生させます。

最初に映し出されたのは、あの土蔵の外観でした。音声は入っていませんが、思ったよりも映像は鮮明です。土蔵はわたしたちが入った時よりも新しく、地面にも雑草は生えていません。昔の映像であることは間違いなさそうです。

上下に揺れながらカメラは前に進み、引き戸の前に着きました。デニムのジャケットを羽織った人が現れて、カメラのために戸を開けました。長い髪のせいで顔はよく見えませんでしたが、若い男性のようでした。

カメラが土蔵に入ります。土蔵には照明が点《つ》いていました。わたしたちは気付いていませんでしたが、電気が通っていたみたいです。カメラが建物の中を映し出します。置かれている書架や家具は今と同じでしたが、明らかに違うところが一つありました。

壁際の書架にはびっしりと本が並んでいたんです。

その手前に中年の男性が二人立っていました。一人はスーツを着た小柄な人で、血色のいい丸顔には今の面影がありました。

「こっちは若い頃の利平おじさん。もう一人はわたしのお祖父さんみたい。昔の写真と見比べたけど、撮影された時期は箱に書いてある通りだと思う」

つまり一九七三年……五十年以上前です。

ハイネックの黒いセーターを着た長身の男性が利平さんの隣にいます。きりっとした太い眉の持ち主で、圭ちゃんのお父さんにそっくりでした。もちろん、圭ちゃんにも似ています。

カメラが棚に寄っていきます。『道草』『鶉籠』『吾輩ハ猫デアル』……漱石の初版本が目に入って、わたしは息を呑みました。覆刻版かと思うほどの美本でしたが、一九七〇年代にはまだ存在していません。

まだ若々しい利平さんは、満面の笑顔で『鶉籠』を手に取ります。カメラが寄っていくと画面がぼやけ、しばらくして再びピントが合いました。利平さんは扉のページをカメラに見せています。『漱石山房』の大きな印が押されていました。

「もういいよね」

　圭ちゃんは動画を止めます。わたしは身動き一つできませんでした。映っているのは確かに鎌倉文庫の本のようです。足元の感覚がなくなって、自分がどこまでも落ちていく気分でした。

「これを見る限り、この頃の利平おじさんは鎌倉文庫の本を持ってた。あんたはおじさんに疑いをかけて……怪我の原因まで作った」

「圭ちゃん……」

　わたしは無理やり口を開きました。とにかく謝らなければ。

「圭ちゃんなんて呼ばないで」

　彼女は吐き捨てるように言いました。

「もう友達でもなんでもない……どこですれ違っても、二度と声をかけないで」

　ひどく遠くから、その声は響いてくるようでした。

＊

「その後、圭ちゃんにわたしは今回の出来事を口止めされました。特にわたしの両親や祖母には絶対話さないように、って」

「どうしてですか」

恭一郎は扉子先輩に尋ねた。

「篠川家の人たちが鎌倉文庫の本について知れば、自分たちの手で調べ直すに決まっているから、だそうです。これ以上、利平さんに負担をかけたくなかったんでしょう。その通りだと思ったので、わたしも秘密にしました。そして、彼女をできるだけ避けてきたんです」

先輩は口をつぐむ。話はこれで終わりらしい。恭一郎は目を閉じて、これまで聞いた内容——特に戸山利平と先輩の対決を思い返していた。先輩たちのように理詰めでは考えられないので、ただの感想しか頭に浮かばなかった。

「正直言って、先輩の考えてたことが、それほど間違ってる気はしないんですよね。利平さんが嘘をついてるとしても、納得が行くんですけど」

　戸山利平が認知症だということ、土蔵に一度は鎌倉文庫の本が収まっていたのは間違いないだろう。ただ、利平がすべて本当のことを言っているとは限らない。厳しく追及されて、言い逃れようとしていたとも思える。

「嘘があったとしても、あんな風に利平さんを追い詰める必要はなかったんです」

「友達のためにそうしたんでしょう」

　この人が怒ったのは、親友が傷つくと思った時だけだ。けれども、先輩は静かに首を振った。

「それだけではなかったと思います。鎌倉文庫の本が見つからなかった苛立《いらだ》ちは、心の底にあったはずです。わたしなら見つけられる、という驕《おご》りも」

　本人がそう思っている以上、これ以上は平行線のようだった。恭一郎は話題を変えることにした。

「今の話で一つ、気になったことがあるんですけど」

　扉子先輩は恭一郎に顔を向けた。

「なんで、わざわざ8ミリフィルムで映像を残したんですか」

　戸山利平の土蔵に残っていたし、本人も出演しているわけだから、利平が撮影させたと考えるのが自然だ。

「珍しい本を買った人って、よくそういうことするんですか？　記念撮影みたいな」

「どうでしょう。まあ、カメラがあったら撮影してもおかしくはないかも……あの映像にはわたしも気になった点がありましたけど、それは『鶉籠』の件に直接の関係はないことなので」

「……そうでもない」

突然、聞き覚えのある声がして、二人は同時に振り返る。デニムのワイドパンツと長袖のTシャツを着た戸山圭が、扉の向こうに立っていた。そういえば、廊下への扉は開いたままだった。

彼女は白いキャップを脱ぎながら部屋に入ってくる。椅子の一つに戸山圭が腰掛けた時、ハウスキーパーが現れて三人分の紅茶をワゴンに置いていった。代わりに恭一郎と扉子先輩の空になったカップを持ち帰った。

緊張しているのか、先輩は椅子の上で何度も座り直している。戸山圭の顔をまったく見られないまま、彼女に向かって話しかけた。

「わたしたちの話、聞いてました？」

扉子先輩の声は半分裏返っている。

「うん……利平おじさんのところに、一人で会いに行ったってあたりから」

かなり前からだ。話に夢中になりすぎて、全然気付かなかった。

「圭ちゃ……戸山さん、わたし」

「圭でいい」

戸山圭があっさり告げた。扉子先輩が眼鏡の奥で大きく目を見開いた。

「あの時は、利平おじさんが認知症って診断されてすぐだったから、わたしも冷静じゃなかったと思う。すごく怒っていたのは確かだったけど……」

泳いでいた二人の視線が、そこでやっと合った。

「一番怒っていたのは、利平おじさんと話す前に、わたしに何も相談しなかったこと。そうしてたら、あそこまでの騒ぎにならなかった」

「……ごめんなさい」

「もう謝らなくていい。それが言いたかっただけなのに、すごく時間がかかった……タイミングがつかめなくて。今まで、ケンカしたことなかったし」

いつからか分からないが、戸山圭の方は仲直りのタイミングを探っていたのだろう。扉子先輩の方が全力で逃げていたのだ。

「あの、利平さんは？」

おそるおそる、という調子で先輩が尋ねる。

「元気だよ。怪我は治ったし、認知症もあまり進んでない」

「……そう」

彼女はほっとしたように笑った。しばらくの間、ハウスキーパーが淹《い》れてくれた紅茶を三人で飲んだ。それが一段落すると、戸山圭はカラフルなショルダーバッグからタブレット端末を出した。

「扉子に話したかったのは、例の8ミリフィルムのことなんだ」

彼女はタブレットを操作しながら切り出した。

「さっき二人も話してたけど、わたしもあの映像をわざわざ撮影した理由が気になってた。それにもう一つ、引っかかってたのは……」

「誰が撮影したか」

二人の先輩が同時に同じことを言った。

「なんで気になるんですか？」

恭一郎が口を挟む。扉子先輩の方が答えてくれた。

「利平さんがどこから鎌倉文庫の本を手に入れたのか、その本がどこへ消えたのか、結局分かっていません。少なくとも前の持ち主と、次の持ち主……何人か関係者がいるのは間違いないんです」

「撮影した人もその一人ってこと」

戸山圭が話を補って、映像を再生させる。さっき聞いた説明の通り、土蔵の外から映像は始まっていた。よく晴れた日のようだが、今の動画に比べると暗く感じられる。

「利平さんと8ミリフィルムの話はしなかったの？」

扉子先輩は戸山圭に尋ねる。

「何度か訊いたけど、そのたびに憶えてないって言ってた。それが本当かどうか、ちょっとわたしには分からない」

映像の中ではデニムのジャケットを着た男が引き戸を開けてくれている。カメラが土蔵の中へ入っていった。書架の前には二人の男性が立っていた。見比べると戸山圭の祖父という人は兄の利平よりもだいぶ若い。十歳ぐらい年が離れていそうだ。

「戸山先輩のお祖父さんも、関係者ってことですよね」

恭一郎は確認のつもりで尋ねる。

「だと思う。こんな大きな古書の取り引きがあって、身内のプロがまったく関係がないなんて不自然だし」

画面の中では戸山利平がにっこりして『鶉籠』を開いている。本当にいい笑顔だけれど、いい笑顔すぎてかえって不自然な印象がある。ただの記念撮影を通り越して、カメラの前で打ち合わせ通りにポーズを決めているみたいだ。

「この後……よく見て」

戸山圭に促されて、他の二人はタブレットに目を近づけた。『鶉籠』からカメラが離れて、土蔵の中をぐるりと見回すように撮影している。今、ピントが合っているのは書架の反対側に置かれた古びた家具だった。

「ここ」

そう言いながら、戸山圭が動画を一時停止する。家具の一つは鏡台で、ひびの入った鏡がこちらを向いている。その鏡の部分だけが拡大された。

黒いセーラー服を着た髪の長い少女が、8ミリカメラを構えていた。

年齢は三人と同じぐらいで、黒いフレームの眼鏡をかけている。色白でくっきりとした目鼻立ち——見覚えのある顔だった。

「……扉子先輩？」

恭一郎がつぶやく。今、目の前にいる先輩にそっくりだ。もちろん本人であるはずがない。これは五十年以上前の映像なのだから。よく見ると少し背が高く、目つきにも妙な鋭さがある。

「この子が着てるの、聖桜女学園の制服だね。たぶん高等部」

戸山圭が指摘する。聖桜女学園は鎌倉市の外れにある、カトリック系の中高一貫の女子校だ。

「……わたしの母と祖母は、聖桜の卒業生です」

扉子先輩が小声で言った。恭一郎はあっと声を上げそうになった。ここまで似た人物が他人のそら似のはずはない。かといって、先輩の母親の篠川栞子とも違う。この時代にはまだ生まれていない。

だとすると、残るのは一人だけだ。

この屋敷の主人――篠川智恵子。

一九七三年十一月、この映像を撮影したのは彼女なのだ。

突然、扉子先輩が立ち上がって、ぐるりと四方の書架を見回した。すぐに何か発見したらしい。廊下に近い書架に駆け寄ったかと思うと、一冊の古書を抱えて戻ってきた。布装の函《はこ》には著者名と書名がある――漱石『道草』。

さっき8ミリフィルムの映像に映っていた初版本と同じ装釘《そうてい》だ。いや、同じなのは装釘だけとは限らない。先輩が函から本を取り出す。赤と黄色の花、青い鳥の絵が印刷された美しい表紙。どこにも汚れや変色が見当たらない、信じられないほどの美本だった。本が開かれると、緑色の見返しには「漱石」という印が押されている。『鶉籠』の「漱石山房」とは別の蔵書印だ。扉子先輩が息を呑んだところを見ると、これも夏目家の蔵書である証《あかし》なのだろう。

そして、上の方には見覚えのある別の印鑑があった。

「鎌倉文庫」

三人は顔を見合わせた。

鎌倉文庫をめぐる謎には篠川智恵子も関わっている。五十数年前に一体何があったのか、その疑問に答えられる者は、この場に誰もいなかった。

第二話　昭和編『道草』

ビブリア古書堂には、ラジオを置かない決まりがあった。

お客は古書の売り買いに来るもので、店の者はそれに応対するのが仕事だから、暇つぶしにラジオを聴く必要などない、というのが店主である親父の考えだ。

けれども最近の土曜日、俺は母屋から持ちこんだトランジスタ・ラジオを小さな音で点けている。親父は土曜日になると仕事で外へ出ていて、店にいるのは息子の俺一人だった。これで母屋にお袋でもいれば「父さんに知られたらどうするの」と注意されるところだが、日曜以外は横浜に住む姉夫婦のアパートへ通っている。半月前に元気な双子を出産した姉が手伝いを必要としていた。

そもそも、勘の鋭い親父は俺が何をしているかとっくに知っているだろうし、俺も別に隠していない。土曜日だけなら、と黙認しているのだろう。

そういうわけで、土曜日のビブリア古書堂にはいつもより緩んだ空気が漂っている。別に仕事をサボるわけでもなく、客の邪魔にならない限りは問題ないと俺は思う。別に親父を否定するつもりはない。親父には親父の、俺には俺の考え方があるだけだ。

時計は午後二時を回ろうしている。

音楽番組が終わり、ニュースの時間になった。全国のスーパーマーケットでトイレットペーパーや砂糖や洗剤が品切れになっているとアナウンサーが事務的に伝えている。先月始まった中東戦争をきっかけにした騒動だ。物価全般が異常に上がっているのだが、原因は不安定な石油供給だという。

どんよりした一九七三年も、あと一ヶ月あまりで終わりだった。

どんな暗い世相もこの店のカウンターにいると遠く感じられる。引き戸のガラス格子の向こうでは、横須賀線《よこすかせん》の北鎌倉駅が立冬の日射しを浴びていた。さっきまでにわか雨が降っていたが、いつのまにか晴れ間が見えている。

俺はここから眺める景色が好きだ。きっと二十年後、三十年後——二十一世紀になっても、このカウンターの中にいるような気がする。

俺の名前は篠川登。

県内の大学に通っている学生だ。今年二十歳になった。卒業後はよそで就職せずに、ビブリア古書堂で働くつもりだと親父にも伝えてある。そのせいか、最近は少し仕事を任せてもらえるようになった。ひょっとすると、いつかここを継ぐことになるのかもしれない。本を読むのも、古書について知るのもそれなりに好きだ。物怖《ものお》じしない性格のせいか、接客もそれなりに気に入っている。

ただ、すべてが「それなり」ではある。

俺の親父は「知識を求める人々の助けとなるべし」という強い決意を抱いてこの店

を開いたという。俺はそんな使命感の類いを持ち合わせていない。「それなり」程度の弱々しい動機で二代目に収まっていいのか、最近はよく考えている。

まあ、なにを考えていても仕事の手は止めない。俺は値付けを終わらせて、古書の品出しをしていく。

今日、棚に差しているのは、古書組合が開催している古書交換会――通称「市場」で最近うちが仕入れてきた文学書だ。戦後すぐに刊行されたものが多く、どれも大した売り値はつかない。大正中期に刊行された、状態のいい漱石の小型本が目を惹く程度だ。『道草』、『明暗』、『心』――手を伸ばしそうな常連客の顔がいくつか思い浮かぶ。

ちょうどそのうちの一人が、この店に来ている。

肩のそばに人の気配を感じて、俺は自分の隣をちらっと窺った。黒いセーラー服を着た、背の高い女子高校生が立っている。大船駅の向こうにある聖桜女学園の制服だ。つややかな黒髪を背中まで伸ばし、すっきりと整った鼻筋に黒縁の眼鏡を載せている。すらりとした体型で色が白く、いかにも深窓のご令嬢といった風情だ。

道で会えば十人中九人の男が振り返るような美人だったが、それは俺にとって大事なことではない。

大事なのは彼女が土曜日にしょっちゅう来てくれる常連客ということだ。いつもじっくり古書を吟味してから、何冊か買って大事そうに鞄《かばん》にしまって帰っていく。たぶん学校帰りにここへ寄り、週末に読むものを選んでいるのだろう。いちいち古書を開こうとする客は店にとってあまりありがたくはないが、彼女に注意したいと思ったことはない。古書の扱いがとても丁寧で、売り物を傷めることはないと信じられるからだ。ベテランの古書店員と見まがうほど堂に入った手つきだった。

彼女は俺が並べたばかりの漱石の小型本を凝視している。古書に夢中でこちらを見ようともしていない。ほとんど言葉を交わさないので、実は彼女の名前もまだ知らなかった。

俺がカウンターに戻ると、彼女はさっそく棚から古書を出して開いている。表情は乏しいままだったが、きらきら輝いている二つの瞳だけは年相応の少女らしかった。

仕事が一段落して、遅い昼食を取ることとした。

誰とも交替できないので、母屋ではなく店のカウンターで食べるしかない。高額な品も多い古書店で万引きは死活問題だ――店内にいる彼女を疑うつもりはないが、土曜日に来る他の客が全員信頼できるとは限らない。店員が席を外す時間はできるだけ短くしたかった。

というわけで、メニューは土曜日恒例のインスタントラーメンだ。

ビブリア古書堂の奥にはドアがあり、その先が俺と両親の住む母屋になっている。母屋の廊下を走って台所へ入った。

俺はインスタントラーメンに少々こだわりがある。

ラーメン用の卵はあらかじめ冷蔵庫から出して常温に戻してあった。まず魔法瓶から丼に軽く湯を注いで余熱する。コンビーフの缶詰——馬肉入りの安いやつ——を急いで開ける。余熱用の湯を捨てたら、インスタント・ラーメンを丼に放りこむ。さらにスプーンでコンビーフを半分すくって麵の上に盛り、隣に卵を割り入れた。

コンビーフと卵の真上から、再び魔法瓶の熱湯を注いですぐ丼の蓋を載せる。具材になりそうなものが他にないか、念のため冷蔵庫を開けて確かめると、ゆでたほうれん草の載った小皿があった。丼や箸と一緒に店まで運んでいく。

店を空けたのはほんの数分。幸いにして店内にいるのは、さっきと同じく常連の女子高生だけだった。いや、客が少ないのを「幸い」と書くのはまずい。土曜日の午後ならもっと客足はいいはずだ。今朝からぐっと気温が下がった上に、雨交じりの天気になったせいだろう。

丼の載った盆をカウンターに置くと、ちょうど湯を注いでから三分経っていた。

　蓋を開けて中を確認する。ほどよくコンビーフがほぐれて、卵は白身だけほんのり固まっている。ほうれん草も載せると彩りもぐっとよくなった。ほぼ完璧と言っていい出来栄えだが、男子大学生の昼食としてはやや控えめな量だ。コンビーフが台所に半分余っているのも惜しい。一缶全部入れてしまうと塩漬け肉の味と匂いが強くなりすぎる。これぐらいがちょうどいいバランスだった。

　ふと、二人前作ればすべて解決だと思いついた。まだラーメンは残っているし、余ったコンビーフの始末に悩む必要もなくなる。後でお代わりを作ろう。

　さすがに客から丸見えの場所で食べるのは気が引ける。カウンターの内側にある作業用の長机のそばに、古い木の衝立《ついたて》を移動させた。衝立を目隠しにして、長机で食事すれば多少は体裁も保てるだろう。

「あの、よろしいですか」

　衝立の場所を調整していると、背後から話しかけられた。振り返るとカウンターの向こうにセーラー服の女子高校生が立っている。

「はい、なんでしょう」

　レジスターの横に置かれたラーメンの盆を、慌てて衝立のかげに隠す。少女の視線が丼を追うのが分かった。古書店のカウンターにこんな場違いなものがあれば、気になって当然だ。

「このシュウチン本ですけれど」

抑揚のない声で言いながら、彼女はカウンターに一冊の古書を置く。さっき俺が品出ししたばかりの夏目漱石『道草』だった。大正時代に刊行された文庫本サイズの小型本。かなり状態のいい美本だが、あまり稀少《きしょう》価値はないと親父から教わっていたから、一八〇〇円の値札を貼ってあった。

(シュウチン本……?)

初めて聞く言葉に、思わず書名を確認してしまった。『道草』以外はなにも印刷されていない。

「シュウチン本というのは、和服の袖に入る大きさの本……小型本という意味です」

俺の疑問を読み取ったように、彼女から答えが返ってきた。なるほど。きっと元々は和本の用語なのだろう。シュウが「袖」と書くのは分かったが、「チン」になんの漢字を当てるのか分からない。

「チンの字は珍しいの珍ですね」

淡々と説明が続く。また疑問の答えを先回りされた。思わず眼鏡の奥にある黒目がちの瞳を覗きこんだ。視線が細かく俺の動きを追っている。どうもこの少女は身振りや表情のわずかな変化で、俺の考えていることを読み取っているようだ。人の心を読むサトリという妖怪の民話を思い出した。

「それで、この袖珍本がなにか」

俺は話を進める。妙に豊富な古書の知識を持っていることといい、人の考えを見透かすような態度といい、気味が悪いところはあるけれど、俺の知識を一つ増やしてくれたのだからよしとしよう。どうせ考えを読まれたところで、大したことは頭にないのだ。

それよりわざわざ話しかけてきた理由の方が気になる。普段の彼女は黙って本を選んで買っていくばかりで、俺と会話することはほとんどなかった。

彼女は本を開くと、奥付の後にある裏見返しを俺に向けた。本のノドのあたりまで大きく破れ目が入っていた。

「値札にはヤブレが記載されていませんが、それでもこの値段ですか」

たぶん俺は赤面したと思う。状態のいい本だからと、すべてのページをきちんと確認しなかったのだ。明らかにこちらのミスだった。ここに親父がいればこってり絞られているに違いない。

「いえ、見落としです。すいません。二百円引きますが、どうされますか」

表情を動かさずに、彼女は軽く目を瞠《みは》った。驚いているようにも思えたが、俺には微妙な感情を読み取る能力などない。時間をかければなにか分かるかもしれないと、とりあえず相手の顔から目を逸らさなかった。

彼女は困惑したように視線を外した。

「……買います」

「毎度ありがとうございます。千六百円です」

漱石の『道草』を紙で包んでいる間、彼女は俺ではなく衝立を眺めていた。その奥からラーメンの香りが漂ってくる。ここで食事しようとしている店員に呆れているのか、それとも笑いをこらえているのか、俺にはまったく見当がつかない。

「すいません、気になりますよね」

代金と引き換えに本の包みを渡しつつ、ひとまず謝罪を口にした。

「今日は他に店員がいないんで、ここで食べるしかなくて」

「そうですか」

彼女は無表情に一言だけ相づちを打った。こうも愛想がないのは、単に俺が嫌われているせいかもしれない。それもあり得る話だが、彼女の目はまだ衝立から離れなかった。

不意に一つの考えが閃《ひらめ》いた。

「ラーメン、もう一杯作れるんですが、よかったら食べますか」

ひょっとしてこの娘は腹が減っているんじゃないのか——ただの思いつきで、そんな提案をしてしまった。常連とはいえ、ほとんど話したこともない少女にこんなことを言い出すのはたぶんおかしい。しかし、もしこんな午後まで空《す》きっ腹《ぱら》なら辛《つら》いことだろう。食べたくないなら断ればいいだけだ。それに俺のインスタントラーメンはそこそこ美味《うま》い。誰かに味わって欲しい気分でもあった。

少女は眉を寄せて首をかしげている。申し出を訝《いぶか》しんでいる様子だったが、俺に深い意図がない以上、いくら首をかしげたところで答えが出るはずもない。

「はい……いただきます」

やがて、諦めたように彼女は答えた。

俺は急いで母屋の台所に走っていき、もう一杯のインスタントラーメンを作った。蓋つきの丼を盆に載せて店に戻る。セーラー服の少女は衝立のこちら側で、丸椅子にきちんと背筋を伸ばして待っていた。彼女の前にある長机に盆を置く。ありがとうございます、と彼女はきちんと頭を下げた。

「そういえば、お名前は……」

尋ねようとして、自分も名乗ったことがないと気付いた。

「ああ、俺は篠川です」

「わたし、三浦といいます……三浦智恵子です」

智恵子。古書にも詳しい読書家で、聖桜女学園に通う彼女にぴったりの名前だと思った。彼女は膝に手を置いて蓋つきの丼を眺めている。

聖桜女学園はカトリックのシスターも教壇に立つような、このあたりでも有名なお嬢さん学校だ。そこに通う生徒がラーメンなど普段食べるものだろうか。

彼女は黒いゴムを出して、慣れたしぐさで髪をまとめた。少なくとも丼物の麺類をよく食べているらしい。髪形が変わると、いかにもどこかのご令嬢らしい、近寄りがたい雰囲気が少し和らいだ。

彼女の丼にお湯を注いでから三分経ったので、長机に二人並んで食べ始めた。もう一人前作った時間の分、俺のラーメンは若干伸びていたが、食べられないほどひどい状態にはなっていなかった。

一口食べてから、彼女はふと俺の方を見た。

「このお店では、いつも客に食事を振る舞うんですか」

「いや、まさか」

柔らかい麺を呑みこんでから答える。時々、親父は特別な客を母屋に通して何やら話しこんでいるが、茶菓子を出す程度で食事までは振る舞っていないはずだ。

「今日はまあ……たまたまですね。気まぐれみたいなもんです」

空腹なら気の毒だと思ったのも事実だが、わざわざ言うほどのことでもない。

「味、どうですか」

「美味《おい》しいです」

間髪入れずに答えが返ってきた。なかなか嬉しい反応だ。

「わたしも家でよく作りますが、こんな風に卵の白身がうまく固まりません」

「卵を常温に戻しておくのがコツなんです。後は……」

などと他愛もない説明をしながら、「家でよく作る」という言葉に引っかかっていた。自分で作ったインスタントラーメンを常食しているなら、資産家のご令嬢というわけではないのかもしれない。会話が途切れると、三浦智恵子は無心にラーメンをすすり続けた。品の良さを保ちつつも、なかなかの食べっぷりだ。まるで久しぶりの食事にありついたみたいに——。

不意に自分の顔が引き締まるのを感じた。

「ひょっとして、普段も昼飯を抜いてるの？」

一瞬、敬語がどこかへ飛んでしまった。彼女はここで毎週のように本を買っていく。古書としては決して高額ではないが、それでも二、三千円はするものが多かった。もちろんよその店でも本を買っているだろう。もし裕福でなかったなら、代金を捻出するのは簡単ではない。

「母からもらった昼食代は、おおむね本に消えていますね。でも、週に一度ぐらい、食べられる日もあります」

智恵子は何食わぬ顔で答えた。陶器のような肌の白さが、急に別の意味を帯びてくる。

「アルバイトは……あ、そうか」

「お察しの通り、校則で禁止されています。短期間のアルバイトはやっていますが、学校に知られないようにしないといけないので……家計のためにも、本当はもっと働きたいところです」

彼女は軽いため息をつく。聖桜女学園は校則の厳しさでも有名だ。良家の子女が通う学校らしく、それ以外の家庭の事情はあまり考慮されていないのだろう。

以前、俺は大船駅でこの少女が下校する姿を見かけたことがある。同じセーラー服を着た級友たちと、遠目にも分かるほどいきいきと楽しそうに談笑していた。一人だけ腹を空かせていたなら、ずいぶんとわびしい話だ。

「うちは母子家庭で、決して裕福ではありません。母の強い希望があって、わたしは私立の聖桜女学園に通うことになったんです」

　聖桜女学園は中高一貫の女子校だから、進路を決めた時は小学生ということになる。一人親からの「強い希望」は事実上の強制だ。

「どうしてそんな……」

「男性との接触をなるべく少なくしたかったようです。近寄ってくる男性がいても、決して心を許してはいけないとよく言っていますから」

　一種の純潔教育ということか。いつのまにかラーメンを食べ終えた智恵子は、スープに口を付けている。俺もぬるいスープを一口飲んだ。こうして古書店の倅《せがれ》と二人でインスタントラーメンを食べているのも、その母親に見つかったら大変なことになりそうだ。

　それにしても、ほとんど話したこともない俺相手に、家庭の事情までよく話すものだ。あるいはこの店以外では接することのない、赤の他人だからこそ明かせたのかもしれない。もっと尋ねれば答えそうな雰囲気だったが、こちらから家庭の事情を詮索する趣味はなかった。

　食事が終わると三浦智恵子は立ち上がった。帰るつもりらしい。

いつのまにかガラス戸の外ではまた小雨《こさめ》が降り始めていた。今度もにわか雨らしく、遠くの空は明るい色をしている。

「もし帰るなら傘を貸しますよ。雨が止《や》むまでここにいてもいいし」

俺はそう言いながらレジ前の椅子に移動する。相変わらず客足は途絶えていた。

昼食の後、俺は十分間の休憩を取ることにしている。まだ読んでいなかった今週号の週刊少年チャンピオンを開いた。小松左京《こまつさきよう》『日本沈没』の漫画版をさいとう・たかをが連載していて、それ目当てで買っていたのだが、先月から始まった手塚治虫《てづかおさむ》の『ブラック・ジャック』が予想外に面白い。

　俺は純文学もそれなりに読む方だが、ＳＦ小説やミステリー小説、漫画も好きだ。古い専門書や文学書といった、いわゆる「黒っぽい本」が中心のビブリア古書堂でも、いつかそういうジャンルも扱うようにしたいと思っている。

　漫画に一通り目を通してから、少女の方を振り返る。彼女は椅子に座ったまま本を開いていた。ここで雨宿りをすることにしたようだ。手にしているのはさっき買った

『道草』だった。視線を感じたのか、彼女はちらっと目を上げた。

「漱石、好きなんですか」

少年チャンピオンを閉じながら尋ねた。

「ええ……特に『道草』が」

「俺も去年読みました。面白かったな……面白いって感想もどうかと思うけど」

読んだのは大学に入ってからだ。有名な『三四郎』『それから』『門』の前期三部作、『彼岸過迄《ひがんすぎまで》』『行人《こうじん》』『こころ』の後期三部作に含まれていないせいか、知名度が低い作品というイメージしかなかったが、こんな小説だったのかという新鮮な驚きがあった。

「漱石晩年の作でしたっけ」

「そうですね。『こころ』の後に新聞連載された長編小説です。そして次の『明暗』を連載中の大正五年に漱石は亡くなっています」

年代や作品名が淀《よど》みなく彼女の口から出てきた。全部憶えているのだろうか。

「わたし、『道草』の初版本の装釘が好きなんです。初版本にはとても手が出ませんけれど、この袖珍本なら……今日はなにも買わないつもりだったのに」

細い指がパラフィン紙のカバーがかかった表紙の縁を優しく撫《な》でている。カバーは前の持ち主がかけたものだろう。初版本と同じ岩波書店から刊行されたこの小型本は、装釘は初版とほぼ同じで、版型だけが小さくなった縮刷版だ。初版本を読むのに近い気分を味わえるのかもしれない。

『道草』のストーリーは他の長編とは毛色が違っている。主人公は留学帰りの大学教師で、三十代にして初めての小説執筆に取り組んでいる。明らかに『吾輩は猫である』を書いていた時期の漱石自身がモデルだ。自伝的な内容と言っていい。

大昔に縁を切ったはずの養父が突然目の前に現れ、付きまとわれて金を無心され続ける。それぞれ金の問題を抱えた他の親族たちや、一緒に暮らしている妻との関係もうまく行っていない——自分の周囲をモデルによくここまで書くものだと思ったが、重苦しい内容のわりに乾いたような文章で意外なほど読みやすかった。

「『みんな金が欲しいのだ』……」

ふと『道草』の一節が口を突いて出た。けれども続きが思い出せない。

「『そうして金より外には何《なんに》も欲しくないのだ』」

智恵子が後を引き取ってくれた。身も蓋もない言葉だが、一面の真実ではある。金がすべてとは思わないが、大抵の問題は金がないところから始まっているものだ。俺も金は欲しい。この少女もそうだろう。

「『みんな』の中には主人公も入っているんですよね」

誰にともなく、柔らかい声で彼女は言った。

「金銭の問題や家族との諍《いさか》いを、自分ごと突き放して描いている……そうすることで、言葉になり得ない自己の本質や、現実に潜んでいる得体の知れない何かを浮かび上がらせようとしている。そういう作品だと思うんです……」

すべて理解できた気はしなかったが、共感できる部分はあった。重苦しい内容でもどこか乾いた印象だったのは、主人公も他の登場人物と同じように突き放されている――少なくともそう書こうと作者が努めていたからだ。

「『世の中に片附《つ》くなんてものは殆《ほとん》どありやしない。一遍起つた事は何時迄《まで》も續《つづ》くのさ。ただ色色な形に變《かわ》るから他《ひと》にも自分にも解《わか》らなくなる丈の事さ』」

それが結末近くからの引用だということは俺にも分かった。確か養父との問題に一応の決着が付いた後の主人公と妻の会話の一部だ。ただ、智恵子がどういう思いでそれをつぶやいたのかまでは分からなかった。

「本当に詳しいんですね」

口を突いて出たのはそんな浅はかな感想だけだった。この知識は文学少女などという表現で片付くものではない。

「わたしなんか全然詳しくありません」

彼女は急に硬い声を発した。

「もっと詳しい人はいくらでもいます……この程度の知識があったところで、なんの役にも立ちません」

「……古書店では役に立ちそうだけど」

思わず口の中でつぶやいた。なにしろ、一応店の仕事をしている俺より本に詳しいのだ。この娘《こ》をうちで雇ったら、というアイディアが頭をよぎった。アルバイトとしては十分な知識があるし、彼女も本代を稼げる——ただ、ここは駅のホームからも目立つ場所にある。近所には聖桜女学園の在学生も何人か住んでいるはずだ。キリスト教関連の専門書も多く扱っている関係で、学園のシスターや神父がこの店を訪れることもあった。こっそり働いてもらうのは難しそうだ。

「……あ」

不意に智恵子が声を上げた。小型本の『道草』の見返しを凝視している。

「なんかありました？」

俺も腰を浮かせて覗きこむ。また見落としでもあったのだろうか。

「いえ。変わった蔵書印があったので」

見返しを開いたまま、本を俺に手渡してくる。確かに左側に四角い印章が押されている——「鎌倉文庫」。俺はほっとした。さっき品出しした漱石の小型本にはどれもこの印があった。そのことには気付いていたし、値札にも書き込んでいる。

「それ、貸本屋の印らしいですよ。終戦前後に鎌倉文士たちがやっていた貸本屋があったそうで。そこに置かれていた本が、ごくまれに……何年かに一度、出てくることがあるんです」

その説明は親父からの受け売りだった。昨晩、値付けを指示された時、この蔵書印に気付いた俺が由来を尋ねたのだ。親父もこれまで二、三冊しか見たことがないという。以前興味を持った親父は他の店にも訊いてみたそうだが、どこも同じようなものだったらしい。

「この本は違いますけど、文士の蔵書を貸し出してたから、かなり珍しい初版本もあったって噂です」

「……初めて聞きました」

知らないことを恥じるような声音に、俺は慌てて言葉を継いだ。

「俺も昨日親父から初めて聞きましたよ。三十年近く前の話だから、知ってる人も多くはないだろうし……いや、でも最近は噂になってるって言ってたかな」

「どういう噂ですか？」

彼女の声音が微妙に変わる。蛍光灯に照らされた眼鏡のレンズが鈍く光って、奥の瞳が急に見通せなくなった。

「さあ、そこまでは」

親父もはっきり説明しなかった。思い返すとあまり触れたくない様子だった。親父がそういう態度を取る時は「師匠」に関係することが多い。かつて若かった頃の親父を雇い、仕事のイロハを叩きこんだ古書店主——親父が「師匠」と呼ぶ人物は、今も存命で北鎌倉に住んでいる。

名前を久我山尚大《くがやましょうだい》という。

久我山家とうちの家は昔から行き来しているが、俺は肝心の久我山尚大とあまり話したことがない。近づかない方がいい、と親父にも注意されているし、俺も同感だった。古書業界ではいわくのある人物という噂だ。

「なにか、気になることでも？」

俺が尋ねると、智恵子はうなずいた。

「鎌倉文庫に置かれていた本がまれにしか古書市場に出回らないなら、本の大半はどこかに埋もれている可能性があります……『珍しい初版本』も含めて」

「持ち主の文士のところに戻ったんじゃないんですか？」

「そうかもしれません。でも、もし違っていたなら……」

俺は違和感を覚えた。そう考えるだけの根拠があるということなのか。そういえば、彼女は珍しい初版本があったという話を「初めて聞いた」と言ったが、鎌倉文庫について何一つ知らないとは言っていない。

「どうして……」

そう思うのか、と俺が質問しかけた時、引き戸がからりと開いた。


現れたのは夫婦らしい中年の男女だった。

男の方は背が高くがっしりした体付きで、赤茶のタータンチェックのスーツに白い革のコートを羽織り、ギャング映画に出てきそうなボルサリーノ・ハットを頭に載せている。どれも高級品なのだろうが、普通の紳士には見えない。小指が揃っていなければヤクザだと思っただろう。

派手さでは女の方も負けていなかった。杭《くい》のように痩せた長身を藤色の色留袖で包んで、白貂《しろてん》の襟巻を巻いている。地肌の色が分からないほどの厚化粧だ。人妻らしく結った髪には宝石のついたかんざしが挿さっていた。

古書店ではまず見かけないタイプの金持ちだった。ガラス戸《と》の向こうの細い道路にとんでもない長さの黒い外車が停まっている。方向転換はできそうにない。

「兄ちゃん、ここの主人はいるか」

腹にまで響くような低い声で男は言った。

「しばらく留守にしています。火曜の朝に戻る予定ですが」

いつも親父は土曜日にいないが、今週は少し特殊だった。東北の旧家で古書の出物があったらしく、泊まりがけで買い取りに行っている。

「火曜の午後にここで会うことになっているんだが、予定を早めて欲しくてな」

俺はカウンター越しに改めて夫婦を眺めた。親父が会う予定を入れているなら、少なくともうちの客に違いない。

「ご本の買い取りですか」

「いや……もっと大事な用だ。相談がある」

男はわずかに言《い》い淀《よど》む。背中に緊張が走った。つまり「特別な客」だ。

ビブリア古書堂ではたまに古書に絡んだ厄介ごとの相談を受けている。表沙汰にしたくない盗難事件の調査や、他店で起こった売り買いのトラブルの仲裁など。そういう依頼主をうちでは「特別な客」と呼んで、親父だけが応対していた。

そんな相談に乗っている古書店など、俺の知る限りうちぐらいだ。「知識を求める人々の助けとなるべし」という信念を親父が持っているせいだろう。基本的に報酬を受け取らない代わりに、主義に反するからと断ることも多かった。

「話が分かるならあんたでもいい。急いでいるんだ」

俺は咳払《せきばら》いをした。そう言われても親父がいない以上はどうしようもない。

「申し訳ありませんが……」

「いい加減にして下さいな。みっともない」

和服の女に話の腰を折られた。

「今、店の主人はいないって言われたじゃないですか。帰りますよ」

男は目を吊《つ》り上《あ》げて妻を睨《にら》みつける。

「お前は口を出すな。女のくせに」

理不尽に言い捨てたが、妻の方も負けていなかった。

「いいえ、言わせてもらいます。どうでもいいじゃありませんか。なんとか文庫なんて」

文庫という言葉から、たった今ここで話題にしていたことを連想する。

「……鎌倉文庫ですか」

つい質問してしまった。男の顔にぱっと喜色が広がった。

「分かってるじゃないか、兄ちゃん。あんたに相談してもよさそうだ」

「いや、それはちょっと……」

「そうですよ！　こんな学生相手に何を言ってるんですか。あなた、まだ汚い本を増やすおつもり？　そのお金でわたしや仁美《ひとみ》に着物の一枚でも買って下さればいいのに」

女は甲高い声で叫んだ。また最後まで言わせてもらえなかった。男はうんざりしたように舌打ちをする。

「金なら十分に渡してあるだろう。着物道楽がしたければ好きなだけ買ったらいい。文句があるなら車で待ってろ」

口を挟みにくい険悪な雰囲気だった。一体この二人は何者だろう。

とにかく名前ぐらい訊こうとした時、まだ手にしたままだった『道草』の袖珍本が男に奪い取られた。

「えっ」

啞然《あぜん》とする俺の前で、男は『道草』の表紙と裏表紙をひっくり返し、中の奥付を確認した。

「大正三年九月発行……古い本だな。初版本ってやつか？　珍しいんだろう、こいつは」

　俺に返事する余裕を与えずに、てらてらと光沢を放つクロコダイルの革財布を取り出す。カウンターにぽんと置かれた何枚もの一万円札にぎょっとした。

「待って下さい。その本……」

「足りなかったか？」

　古書を指に挟んだまま、さらに札入れから何枚か出そうとする。ぎっしりと詰まった紙幣の束に俺は目を剝《む》いた。慌てて男の手を押し止めて『道草』も取り返した。男は怪訝そうに空になった片手と俺の顔を見比べている。

「どうしたんだ。値段を言ってくれれば、いくらでも出すぞ」

「いえ、そうじゃなくて」

　この本は大事な常連客が昼食代を抜いてまで買った古書だ。札束を積まれようと渡せるものではない。

「この本は……」

「そんな本、どうせ二束三文ですよ。古い本と見ればなんでも買おうとするんだから！」

妻の方がぴしゃりと言った。いい加減俺も苛立ってきた。夫婦揃っていちいち話を遮るのも、勝手に価値を決めつけるのもやめて欲しい。

ふと、この前古書会館で開かれた市場に行った時、小耳に挟んだ古書店主たちの話を思い出した。不動産ブームで莫大《ばくだい》な財産を築いた成金《なりきん》が最近鎌倉に移り住んできて、あちこちの古書店で初版本を買い漁《あさ》っているという。特に愛書家というわけでも、文学好きというわけでもない。客は客だからどの店も売りはするものの、どういうつもりか分からず店主たちも戸惑っていた。

きっとこの男のことだったのだ。

「もう他のお客さんが買われた本です。それに、初版本でもないですし」

振り返った俺は、いつのまにか背後にいた智恵子に『道草』を返した。自分の本が買われそうになってさぞ驚いているだろう――いや、そういうわけでもなさそうだ。いかにも興味津々になりゆきを見守っている。さっき古書を眺めていた時と同じ、すべてを洩《も》らさず読み取ろうとしているかのような目。なぜか俺は薄ら寒いものを感じた。

「なんだ、そうか。だったら先に言ってくれ」

男は鼻白んだ様子だった。先に言う余裕などなかったと思う。

「で、どうなんだ。話ぐらい聞いてくれるのか、兄ちゃん」

しばしためらった。俺にできることなどないし、普通なら断るべきだろう。とはいえ、困っているのは間違いなさそうだ。俺の一存で「特別な客」を無下にしていいものか。本音を言えば鎌倉文庫についての相談事に興味を惹かれていた。

問題があるとしたら、母屋で話を聞こうにも店番がいないことだ。まさか内々の相談を店先でするわけにもいかない。

「わたし、店番をしていますね」

俺の内心を見透かしたように、智恵子が囁《ささや》きかけてくる。いつもの無表情な彼女とはうって変わって、唇に三日月形の大人びた微笑を浮かべている。

「お店のアルバイトも経験していますから、レジの操作は分かります」

彼女の顔を改めて覗きこむと、相手も平然とこちらを見上げた。この少女の瞳には気がかりなものがある。どこか常人ばなれした、底知れない何かが。

こちらがそう感じていることも、どういう結論を出すかも見通されていると思った。しかし、別にそれを隠すつもりもない。俺は再び夫婦の方を向く。

「お力にはなれないと思いますが、とりあえずご用件を伺います。父と連絡が取れたら、今日伺ったことと、会う予定を早めたいことは伝えておきます……それでもいいですか？」

　親父がどこへ買い取りに行っているのかも、どこで宿を取るのかも詳しく知らない。こちらからは連絡のしようがないので、あくまで親父から電話でもあった場合の話だ。しかし、男は満足げにうなずいた。

「ああ。いいだろう」

　一方、妻はあからさまに顔をしかめて嘆息した。

「まったく……わたしは車に戻っています。なるべく早く終わらせて下さいね」

　呆れたように首を振り振り店を出て行く。俺は残った男を母屋の玄関に回ってもらうよう誘導してから、智恵子に声をかけた。

「店番、お願いします。もし、買い取りの客が来たら預かっておいて下さい」

　分かりました、と少女はうなずいた。奥のドアを開けて母屋に入る前、ふと俺は背後を振り返った。黒いセーラー服を着た彼女の姿は、驚くほどビブリア古書堂のカウンターになじんでいる。

　まるでずっと昔からこの店にいるみたいだった。

　西向きの和室で俺は客と向かい合った。

高価そうなスーツを着た中年の男と、デニムのジーパンとジャンパーを着た学生の俺。普通なら仕事の話をするような間柄ではない。

座卓に置かれた名刺には「兼井《かねい》健蔵《けんぞう》」と印刷されている。肩書きは株式会社兼井不動産代表取締役《だいひょうとりしまりやく》。不動産ブームで財産を作ったという噂は正確だったようだ。

兼井は座っていても俺よりずっと大きく見える。開けっぴろげなようでいて、こちらを呑むような威圧感を漂わせていた。

「俺には三つ夢がある」

社員相手に訓示でもするみたいに、兼井は声を太く張った。アメリカのキング牧師の有名な演説を意識しているわけでもないようだ。

「一つは使い切れないほどの金を稼ぐことだ。学のない俺を馬鹿にしていた奴らを見返すためにな。それは叶《かな》った……そして、もう一つは日本一の博物館を作ることだ」

「ん？　博物館……ですか？」

思わず聞き返してしまった。突然、話が明後日《あさって》の方向に飛んだ。

「古い本の博物館だ。初版本だの何だの、高い本が色々あるだろう」

兼井の表情も声も真剣そのものだ。本の博物館なるものを知らない自分がおかしい気分になってくる。

「鎌倉と言えば有名な作家が大勢住んでいる町だ。そこに日本一の本の博物館を作る。それができるだけの屋敷も買った。後は中身だけだ」

説明はさっぱり要領を得なかったが、あちこちの古書店で兼井が古書を買い漁っている理由は漠然と分かってきた。何か古書を展示する施設を作るためにやっていることだったのだ。

「それ、文学館とは違うんですか」

作家の初版本や直筆原稿や遺品など、文学に関係する様々な資料を展示する施設は既にある。古書店にとっても大事な顧客だ。

「そういうものとは違う」

兼井はきっぱりと言い切った。

「俺の作りたいのは、俺のイメージする博物館だ。そして、そこに俺の名前を付ける。文学なんぞまったく読まない、古い本のこともまるで分からない俺の開いた博物館に、インテリたちがこぞって押しかける……やりたいのはそういうことだ」

にやりと金歯を見せた。要は財産を築いたことと同じように「奴らを見返す」ためなのだ。この固い意志と強い思い込みがあればこそ、不動産業でも成功できたに違いない。

古書店のカウンターにいると風変わりな客は来るものだ。読書にまったく関心を示さず、収集することだけに血道を上げて蔵書の山を築く古書コレクターもいる。しかし、兼井の場合は単に変人というだけではない。コレクターとは違う独特の空気をまとっていた。

「あんたも知ってるように、昔、鎌倉文庫という貸本屋が鎌倉にはあった。有名作家たちが自分たちの本を貸し出していて、その中には珍しい本も沢山あったそうじゃないか……そこにあった本は長らく行方不明になってるって噂だ」

（本の大半はどこかに埋もれている可能性があります）

三浦智恵子の言葉が頭をよぎった。俺は聞いたことはないが、そんな噂がどこかで囁かれているのだろうか。

「行方不明の噂は初耳です。どこでお聞きになりました？」

「俺は久我山尚大という古本屋から聞いた……その顔だと知ってるようだな」

「ええ、まあ……」

久我山尚大は久我山書房という古書店を経営している。六十代になってから店売りをやめて、目録販売の専門店に切り替えた。稀覯《きこう》本を多く扱う久我山書房は、今もコレクターたちに重宝されている。その筋では有名な専門古書店だった。

「あんたの父親の師匠だと聞いている。その久我山が俺に話を持ちかけてきたんだ。『鎌倉文庫の貸出本にご興味はありますか』ってな。確かに俺の博物館にはもってこいの展示物だ」

「でも、行方不明なんですよね」

兼井は人目を憚《はばか》るように身を乗り出してきた。

「久我山は持ち主らしい人間を見つけたと言ってる」

俺は息を呑んだ。どれほど本があれば貸本屋ができるのか知らないが、相当な冊数であることは間違いない。文士たちの蔵書には初版本だけではなく署名本のたぐいもかなり含まれているだろう。本当だとしたら相当な大商いになる。

「ただ、あの久我山という老人はどうも信用できん。いつも愛想はいいが、あれは上辺だけだな。俺には分かる。ああいう手合いとの取り引きは危ない。無闇に吹っかけられかねん」

黙って聞いていたが、兼井の勘の鋭さに内心驚いていた。久我山尚大に俺が抱いている印象とほとんど変わらない。たまに久我山家で顔を合わせると、ニコニコしてはいるが目は笑っていない。人目につかないところで部下を口汚く罵っている姿も見たことがあった。

久我山書房にもよくない噂が付きまとっている。扱っている古書の質はよくても、強引な買い取りで泣かされた者がいるとか、出所の怪しい古書も扱うようになっているとか。俺の親父はなにも語らないが、久我山書房を辞めたのはなにか心に期するものがあったからだろう。

「本当に持ち主がいるとして、まともな値段で俺に売るか疑わしい……だから、この店に持ち主との交渉を頼みたかったんだ。ビブリア古書堂は誠実な商いをするという評判だからな」

顔をしかめないよう努力していた。となると、久我山書房が進めている大きな取り引きをうちが横からかっさらうことになってしまう。久我山尚大の恨みを買うことは確実だし、あまり「誠実な商い」とも言えない。相談されたところで、うちの親父が頼みを聞くとは思えなかった。

「持ち主が誰かは分かっているんですか」

「それは久我山しか知らん……実は昨日、持ち主の都合で取り引きを早く進めたいと電話があった。二、三日中に買うか買わないかをはっきりさせてくれと言ってきた。だから、ここの主人に相談する予定を早めて貰《もら》いたかったんだ」

それは兼井の動きが筒抜けになっているせいではないだろうか。うちの親父が不在の間に、久我山は売り買いを成立させようとしている——そう考えるのが自然だ。

「話はだいたい分かりました」

俺は神妙にうなずいた。やはりこの状態でできることはなかったし、ここにいるのが親父でも結果は同じだろう。とはいえ、それをはっきり告げるのもためらわれた。

「父と連絡が取れたら、今のお話を伝えておきます」

「久我山の方はどうすればいい」

俺は答えに窮した。お力になれないと思いますが、という前置きで話を聞いたのに、アドバイスを求められても困る。

「うちの父が帰ってくるまで、なんとか交渉を引き延ばす……ぐらいですかね」

おそらく「持ち主の都合」とやらが本当にあるわけではない。引き延ばしたところで、この話が潰れるとは思えなかった。久我山書房にとって相場を知らない兼井は都合のいい、逃したくない客のはずだ。

兼井は不満顔で立ち上がった。

「大して期待していなかったが、本当に役に立たなかったな」

余計なお世話だが、事実ではある。俺は黙って頭を下げた。玄関まで送ろうと立ち上がった時、ふと聞きそびれたことを思い出した。

「そういえば、三つ目の夢は何なんですか」

金を稼ぐことと、博物館を作ること。二つしか聞いていない。振り返った男の目がすっと細くなる。嫌な予感がした。

「俺が死ぬ時に世間を驚かせることだ」

「……はあ」

俺は間の抜けた相づちを打った。相手の考えていることがまるで想像つかない。

「いよいよお迎えが来そうな時は、本の博物館を閉じる。どうせうちの家族は本の価値など分からん。俺だって分かってないんだからな……俺が息を引き取ったら、買い集めた古い本を全部集めて火にくべる。それで俺の棺桶《かんおけ》を焼いてもらうんだ」

背筋がぞっと総毛立った。この男は既に多数の古書を買い集めている。これから手に入れようとしている鎌倉文庫の貸出本も含めて、この男の手に渡ったらすべて灰になりかねない。

「……冗談ですよね？」

それは質問というより、冗談と言って欲しいという希望だった。すると、兼井は顔中を口にして哄笑《こうしょう》した。

「そう、いい顔《かお》だ！　兄ちゃん！　世間の連中にはそういう風に驚いて欲しいんだよ、俺は。それじゃ、親父さんにはよくよく伝えておいてくれ」

狂ったように笑い声を響かせながら兼井は部屋を出て行く。今の話をそのまま伝えたら、即座に関わりを断って他の古書店にも警告すると思う。

玄関へ向かう前に、兼井は怪訝そうに立ち止まった。続けて部屋を出た俺も視線の先を追う。セーラー服の少女が廊下の奥に立っていた。両手には丼が二つ載った盆を抱えている。

「丼、お台所に置いておきますね」

智恵子はそう言って台所へ入っていく。俺が頼んだのは片付けではなく店番だ。俺たちの会話を聞くために母屋へ来たのだろう。兼井は不審に思った様子もなく、玄関から靴を履いて出て行った。

急いで台所に行くと少女の姿はなく、きれいに洗われた丼が水切りかごに並んでいるだけだった。俺は店に戻る。相変わらず客は一人もおらず、小雨の降り続いている道路からも兼井の車はなくなっていた。

智恵子はカウンターの内側にある作業机の前に立っていた。

「ごめんなさい、立ち聞きしていました」

真っ先に謝罪を口にしたが、悪びれた様子はまったくなかった。そもそも俺の方を見てもいない。机に置かれた古書をめくっている。

「俺とあの人に話をさせたのも、立ち聞きするため？」

もう敬語を使う気は失《う》せていた。三浦智恵子はただの客ではない。異様に勘が鋭く、油断のならないこの少女に、型通りの礼儀正しさなど不要だと思った。

「久我山尚大が鎌倉文庫に関係した取り引きを進めている話は聞いていたので、詳しく知りたいと思っていたんです。今日、ここで情報が得られるとは思っていませんでしたが」

「君は久我山さんを知ってるの？」

彼女はゆっくり顔を上げた。

「はい……でも、親しくはありません。たまに呼び出されて、話をするだけで」

ただでさえ白い肌から、痛々しいほど血の気が失せている。いつになく緊張しているのが伝わってきた。

「どういうこと？」

つられて俺の声も低くかすれた。

「わたし、久我山尚大の隠し子なんです」

心臓が止まるかと思った。もちろん、久我山尚大に隠し子がいる話など聞いたことはなかった。久我山家の人たちでも知っているかどうか——けれども、この少女は真実を語っていると俺は確信していた。いかにもありそうな話に思える。この少女が生まれた時、久我山尚大は既に家庭を持っていたはずだ。愛人に産ませた子ということになる。

「……それを俺に話す理由は？」

その問いに彼女は答えなかった。答えないことにもきっと意味がある。詮索したところで無駄だろう。俺に彼女の内面は読み取れない。

「あの兼井という人は、お金以外に欲しいものがないんでしょうね」

長い沈黙の後、智恵子がつぶやいた。漱石の『道草』からの引用だと、しばらくして気付いた——「さうして金より外には何《なん》にも欲しくないのだ」。

「金儲《かねもう》け以外にも夢があるみたいだったけど」

皮肉を口にすると、彼女の唇にうっすら笑みが浮かんだ。

「あれは欲しているうちに入りません。全部燃やしても悔いがないんですから」

「違いない」

俺の口元にも乾いた笑みが浮かんだ。

「だから、あの人の手に鎌倉文庫の本が渡らないようにしたいんです……取り引きを阻止するのに、協力してもらえませんか」

兼井の手に渡らないようにしたいのは俺も同感だった。問題は海千山千の久我山尚大が間に入っていることだ。

「いや、無理だろう。今の持ち主を知ってるのは久我山さんだけだ。兼井だって知らされてなかった。俺たちに分かりっこない」

持ち主が分かっていれば、兼井という買い手の問題を警告することぐらいはできる。しかし、商談の邪魔をされたくない久我山が、持ち主の素性を他人に明かすわけがない。大きな取り引きをしようとしている古書店主なら誰でもそうする。

「わずかですが、持ち主の手がかりはあります」

智恵子は作業机を示した。そこには三冊の古書が函から出された状態で並べられている。『道草』、『心』、『明暗』——さっき俺が売り場に出した漱石の小型本だ。彼女が買った『道草』に加えて、『心』と『明暗』を棚から抜いてきたようだ。さっきは気付かなかったが、どの本からも樟脳《しょうのう》の匂いがほんのり漂っている。『心』と『明暗』の見返しが開かれると、『道草』と同じように鎌倉文庫の印が押されていた。

「この印がある古書は数年に一度、ごくまれにしか出ないんでしたよね」

「俺はそう聞いてる」

「一度に三冊も出ることは、これまでもあったんでしょうか」

言われてみると確かに奇妙だ。親父はこれまで二、三冊しか見たことがないと言っていた。他店でも似たようなものだと。だとすると出てきたのはどこでも一冊ずつと解釈するのが自然だ。一度に三冊は確かに多い。

「……ないと思う」

「だとしたら、鎌倉文庫の本が最近取り引きされたのかもしれません」

「まだ持ち主は鎌倉文庫の本を売ってないって話だったろう」

「別の取り引きということです。あるいは、遺産相続があったか」

「……あ」

久我山は持ち主を見つけたと言ったそうだが、その人物が何十年も鎌倉文庫の貸出本を持ち続けていた本人とは限らない。例えば、金に困った最初の持ち主が、古書に思い入れのない者に売ってしまう。あるいは持ち主が亡くなって、古書に詳しくない遺族が相続する。突然、素人が価値の分からない古書を大量に持ったとしたら――まず数冊、試しに売ってみるのはありそうな話じゃないだろうか。

急に鎌倉文庫の本が三冊市場に出たのは、持ち主が一度代わったことを示しているのかもしれない。この三冊の出所を辿《たど》れば、今の持ち主の情報が得られる可能性がある。推論に推論を重ねた、本当にわずかな可能性だ。

「この三冊は、どなたから買い取ったんですか？」

「いや、市場で買ったものだよ」

「市場……古書交換会、でしたよね。業者同士で古書を取り引きする……どこのお店から買ったものですか？」

「それは……」

古書組合が開催する市場では、並べられた古書がどの店から出たものか分からない仕組みになっている。欲しい古書があれば入札して買うのだが、組合の帳場を通じて代金を支払うので、店同士は直接取り引きをしない。

ただ、市場は古書店主たちの情報交換や交流の場でもある。どの店がどういう古書を出したのか話題にはなるし、出した本人が世間話のついでに明かすことも珍しくなかった。

先日、親父のお供で市場へ行った時も、この古書を出品した店主が親父と立ち話をしていた。いい値をつけてもらってうちもありがたい、という意味のことを言っていたと思う。確かあの店主は——。

「……もぐら堂」

藤沢市の長後にある古書店の店主だ。あの店と鎌倉文庫がどう繋がるのか分からないが、確かめるだけの価値はありそうだ。どうせ他にできることはない。

＊

日曜日はうって変わって快晴だった。

俺と三浦智恵子は大船駅で待ち合わせて東海道線に乗った。親父とはまだ連絡を取れていない。今日の店番はお袋に頼んでいる。

智恵子は昨日と同じ黒いセーラー服姿だった。私服を持っていないのかと心配になったが、例によって先回りするように彼女は口を開いた。

「他の服もありますが、制服は便利なんです。いちいち服を選ぶ手間が省けますから」

電車の中でこともなげに説明する。嘘をついているわけではなさそうだ。この少女には古風なセーラー服がよく似合っていた。

藤沢駅で国鉄から小田急線に乗り換えて、俺たちは長後駅へ向かう。窓の外には畑や雑木林が広がっていた。藤沢は国鉄の駅周辺や海岸に近い鵠沼などは行楽地として賑《にぎ》わっているが、海から遠くなるにつれて人気《ひとけ》が少なくなる。

長後は藤沢市の中心からは外れているものの、山側では比較的発展している地域だ。駅前の商店街も長く伸びている。もぐら堂は商店街の外れ、小さな二階建ての一階にあった。栗皮《くりかわ》色にくすんだ板壁を見上げると、二階の窓に男物らしい下着や手拭いが干してある。

建物の隣にある駐車場には、目の覚めるような真っ赤なオープンカーが停まっている。きれいに洗車されているが、バンパーやフェンダーにある傷や凹《へこ》みは直されていない。後部座席には白い革のシートにそぐわない、骨董《こっとう》品じみた茶箱が置かれていた。立ち止まった智恵子が茶箱を眺め始める。しまいにはドア越しに身を乗り出して、ささくれの立った蓋に顔を近づけている。

「なにやってるの」

「篠川さんもやってみて下さい」

「どうして」

「いいから、お願いします」

わけが分からなかったが、促されるまま茶箱に目を近づけた。別に変わったところもない――いや、かすかに樟脳の匂いがする。昨日、漱石の小型本からもそっくりの香りがした。元はこの箱に入っていたのかもしれない。

俺たちは店の正面に立った。「もぐら堂」という細長い看板が壁にかかっている。建物はかなり古くなっているが、道路に面したガラス戸だけは真新しいアルミサッシに取り替えられていた。半ば開いたガラス戸の向こうは薄暗く、書架と書架の間の通路にまで古書が積み上がっている。

もぐら堂は文学書や郷土史に強い店で、市場にもその分野の古書をよく出品している。アルミサッシの外にあるコンクリートの三和土《たたき》に、一文字に縛られた古書の束がいくつか積んであった。明日は市場だから出品の準備をしているのかもしれない。

俺たちは店内を覗きこんだ。Yシャツを袖まくりした小柄な中年男が、奥にあるカウンターのそばで古書を縛っていた。店の外に古書を積んだのは彼かもしれない。血色がよく頬はつやつやしているが、四十代にはなっているだろう。古書会館で見かけた店主とは別人だった。

「そんなとこに突っ立ってたら、手元がよく見えねえよ」

突然、男が鋭い声を上げた。俺たちに言ったのかと思ったら、男が見上げているのはまるで別の方だった。書架のかげになっていて分からなかったが、そこに別の誰かが立っているらしい。

「これは失礼いたしました」

芝居がかった声が響いて、その人物が一歩下がる。太いストライプの入った青いスーツを着た小男が姿を現した。丸みを帯びた胴体に短い手足、きれいな楕円《だえん》形の頭にはスーツと同じ柄の帽子が載っている。大小の卵をくっつけたような体型だった。年齢は三十過ぎというところか。やけに彫りの深いくっきりした顔つきだ。

その小男を見た途端、隣で少女が息を呑むのが分かった。

「……知り合い？」

小声で尋ねると、彼女は軽くうなずいた。よくよく考えると、俺もどこかで見かけた気がする。どこの誰だっただろう。

「いつまで居座ってるつもりだ。こっちにもう話すことはねえぞ」

Yシャツの男が声を荒らげると、帽子の小男が大袈裟《おおげさ》に肩をすくめた。

「ご心配なく。そろそろ引き揚げますよ、戸山利平さん」

戸山利平――それがYシャツの男の名前らしい。戸山はもぐら堂の店主と同じ姓だ。よく見ると顔立ちも少し似ている。店主の親族らしい。彼は小男を一睨みすると、古書を縛った紐《ひも》を苛立たしげにハサミで切った。

「なら出口はあっちだ。帰ってくれ」

「帰る前にもう一言だけ言わせてもらいます。うちの久我山も首を長くして待っているんです。そろそろ実のあるお話をいただかないと。ねえ、利平さん」

うちの久我山、という言葉でやっと思い出した。帽子の小男は久我山書房の今の番頭だ。久我山尚大から「馬鹿者」だの何だのと、さんざんに罵られている姿を見たことがある。確か「吉原《よしわら》」という名前だ。罵倒されてもにやにやしながら軽口を叩き返す姿が印象に残っていた。

その時と同じ薄ら笑いで吉原は話を続けた。

「本当にあなたがお持ちなんですよね？　千冊になろうかという、鎌倉文庫の貸出本を」

いきなり核心に触れる話が始まって、俺は思わず身を乗り出した。古書を縛っているこの男が持ち主だったのか？　すると、戸山利平は急に威勢よく立ち上がって胸を張った。

「そう、今の持ち主は俺だ。あんたにも前に話したろう。あれは半年ぐらい前……」

「はい、そこまで。もう結構です」

ぱんと両手を叩いて吉原が話を終わらせた。固唾を呑んで聞き入っていた俺は、吉原の素っ気ない態度の方に驚いた。久我山書房は鎌倉文庫の本を買い取ろうと、持ち主である戸山利平と交渉している。そういう流れにしか思えないが、吉原の態度にはなぜかまるで熱意がない。交渉相手を馬鹿にしている気配さえ感じられる。

「とにかく、明日の朝またお邪魔します。あなたもお分かりでしょうが、期限は過ぎていますからね」

期限？　なんの期限だ？　いつのまにか智恵子が俺のジャンパーの袖を引っ張っていたが、考えごとで反応が遅れた。ガラス戸の方に体の向きを変えた吉原と目が合ってしまう。もう身を隠しても意味がない。店の外で吉原が出てくるのを待つしかなかった。


「おやおや、これはこれは。なかなか興味深い組み合わせですな」

後ろ手にガラス戸を閉めながら、吉原がわざとらしく目を剝いて見せた。

「智恵子さんがビブリア古書堂によく出入りしているのは知っていましたが、まさか登さんと外でもお会いになっていたとは……しかし、こんな色気のない場所で逢《あ》い引《び》きですか」

この少女がうちの店に出入りしていることや、ほとんど面識のない俺の顔と名前を把握されていることは不気味だったが、それよりも逢い引きという余計なからかいに腹が立った。

「俺は店の用事でもぐら堂さんに来たんです。三浦さんとはたまたまそこで会っただけで……」

俺が言い終える前に、ぐふっと吉原が喉を鳴らす。それから、こらえきれなくなったように高笑いした。

「はっはっは、これは面白い。嘘が下手にもほどがある。あの冷静沈着な聖司さんの血を引いているとはとても思えませんな」

聖司は親父の名前だ。俺はぐっと押し黙った。親父はいちいち嘘などつかないだろうし、こんな時に動揺もしないだろう。俺は物怖じしない性質《たち》だと言われるが、口先で取り繕ったりするのは苦手だった。

「兼井さんがビブリア古書堂を訪ねたのは分かっています。ひとまず鎌倉文庫の噂を確かめに来たんでしょう。戸山利平さんが最近言い触らしていますから……『今の持ち主は俺だ』ってね。お宅にまで噂が届いても不思議はない」

俺は戸山利平の存在すら知らなかった。そういえば、親父が最近鎌倉文庫についての噂が流れていると言っていた。そのことだったのかもしれない。

吉原は俺たちが黙っているのを黙認と受け止めたようだった。

「やっぱりそうでしたか。下手な言い訳はおやめなさい。自分自身に忠実であることがなにより大事ですよ、登さん。ご自分に嘘《うそ》をついてはいけません」

「……シェイクスピアの『ハムレット』」

つまらなそうに智恵子が口を開いた。

「第一幕第三場、ポローニアスが息子のレアティーズに言う台詞《せりふ》ですね」

吉原は人差し指を智恵子に向けて、満足げに上下に振った。どことなく不愉快なしぐさだった。

「さすが智恵子さんは優秀ですな。親譲りの記憶力だ」

吉原がシェイクスピアから引用していたことに、あまり優秀でない俺もやっと気付いた。この男も久我山尚大と三浦智恵子の関係を知っているようだ。智恵子の方は賞賛されても眉一つ動かさなかった。何となく、吉原を好いていない気がする。

「戸山利平さんが嘘をついているとお考えなんですね」

彼女は吉原に尋ねる。

「もちろんです」

店内の本人に聞こえるような大声で小男は即答した。

「貴重なコレクションを持っている、などと吹聴する輩《やから》は珍しくありません。本当の話かどうかなど、この仕事をしていればすぐに分かります。素人がどう取り繕ってもボロが出ますからね。あの人はなにかの事情で鎌倉文庫の本をいくらか持っているかもしれませんが、それ以上ではありませんな。お疑いならご本人と話してみればよろしい。絶対、現物を見せようとしませんよ」

理解できない話ではなかった。うちの店にもそういう怪しげな客はたまに現れる。これこれこういう稀覯本を持っている、次は必ずコレクションを売りに来ると言ったきり、二度と顔を見せないのだ。もし戸山利平がその手の人物だとしたら、鎌倉文庫への手がかりもここで途絶えたことになる。ただ、だとすると一つ疑問があった。

「じゃあ、吉原さんはここへなにしに来たんですか」

と、俺は言った。

「もちろん、尚大さんの命令に決まっているでしょう」

吉原は渋い顔を作った。

「あの利平さんは相当なお人好しらしいですよ。親の代からの財産家で羽振りもよかったけれど、方々で借金の保証人になって、今は財産や仕事どころか家までなくして弟さんの経営するこの店に身を寄せている……もちろん今も借金を抱えています。そんな人に大金を貸せと尚大さんが言い出したんです。こっちだって好きでやってるんじゃありません」

　さっき吉原は期限について釘《くぎ》を刺していた。借金の期限という意味だろう。

「久我山さんはなんで戸山さんに金を貸したんですか」

「さあねえ。わたしが一番知りたいですよ。なにか考えがあるんでしょうが、わたしにはさっぱりです。智恵子さんは見当がつきますか？」

　彼女は細い顎に拳を当てたまま、まったく口を利かなかった。吉原は俺に期待していないようだが、一つ筋の通った説明があると思う。戸山利平が実は鎌倉文庫の貸出本を持っていて、久我山尚大もそれを知っているという可能性だ。返済するあてがなければ、金になるもの——例えば貴重な古書のコレクションを手放すしかない。

「わたしの見たところ、利平さんはただ嘘をついているんじゃありません。まずご自分に嘘をついているんです。その嘘を半ば自分でも信じてしまっている……まったく、面倒なお人ですよ」

　吉原は完全に戸山利平の話が嘘だと思いこんでいる。こちらもわざわざ別の可能性を教えてやる義理はなかった。

　不意にガラス戸が開いて、古書の束を両手に提げたYシャツの男が現れる。さんざん悪口を並べていたのに、吉原は毛ほども気まずそうな顔をしなかった。

「長話が過ぎましたな。わたしはお暇《いとま》します……それでは皆さん、ご機嫌よう」

帽子を軽く上げ、俺たち一人一人──戸山利平にも会釈して、吉原は駅に向かって歩き出した。利平は無言で古書の束をコンクリートの三和土に置き、また店内に戻っていった。俺と三浦智恵子も背中についていく。

カウンターの前に陣取った彼は、また別の古書を縛り始めた。古書店員ではないはずだが、やけに手際がよかった。

「市場に出す荷物ですか？」

俺が尋ねると、利平が俯いたままうなずいた。

「そうだ。先月ここに住み始めてから手伝ってるんだが、最近は本を選ぶのも多少俺がやってる」

ということは、例の漱石の小型本も、この人が出品したのかもしれない。

「古本の仕事なんて縁がねえと思ってたけどよ、やってみると意外に面白いもんだな」

感じ入ったようにしみじみとうなずいている。借金を背負って弟の店に隠れているという話だったが、声や表情にはまったくと言っていいほど暗い影がない。

「わたしたち、北鎌倉にあるビブリア古書堂の者です。初めまして」

セーラー服の少女が頭を下げる。それは俺の言うべき台詞だし、彼女は店の者でもなかった。けれども落ち着き払った態度には妙な説得力があった。

「鎌倉文庫の貸出本について、ぜひお話を聞かせていただけませんか？　わたしたち、とっても興味があるんです！」

彼女は利平ににっこり笑いかける。普段とはまるで違う愛想のよさだ。魅力的で親しみやすいが、どうしても違和感が拭えなかった。これは俺の知っている三浦智恵子ではない。よそ行きの姿という気がする。

しかし、戸山利平には効果があったようだ。相好を崩した彼は、作業を中断して立ち上がった。

「聞かせろったって、大した話はねえんだがな……」

そのわりには嬉しそうな声で語り始める。

「あれは半年ぐらい前だ。俺は金に困った知り合いから、相談を持ちかけられたんだ。少し金を用立ててくれないかってよ……その知り合いには古本集めの趣味があってな。担保として差し出したのが本だった。

俺は日本文学をよく読んでるが、古本に興味があるわけじゃねえ。とはいえ、頭を下げられて放っておくなんて不人情な真似はできねえだろう？　貸した金は今もって返ってこねえ。俺は人目を忍んでここに住む羽目になったってわけだ」

話しぶりは堂に入っていて無駄がない。これまで何度も繰り返し語ってきたことが窺えた。

「古書が担保になってるなら、それを売れば……」

「そういうわけには行かねえな」

打てば響くように答えが返ってくる。想定問答でも読み上げているみたいだった。

「俺が鎌倉文庫の本を売っちまったら、まとめて取り戻すのはできなくなるだろう。古本好きにとっちゃこの世に二つとない珍しいコレクションだ。もしその知り合いが金を返しに来たら、こっちも古本をそっくりそのまま返してやりてえと思ってよ……だから、どうしても手を付けるわけにいかねえんだ」

釈然としないものを感じた。この店から市場に鎌倉文庫の本が三冊出ている。既に「そっくりそのまま」返すことはできなくなっているはずだが。

それを尋ねようとした時、

「なにやってるんだ、兄さん」

背後から声が聞こえた。俺たちが振り向くと、黒いセーターを着た背の高い男が立っている。利平よりも年下のようで、きりっとした太い眉には見覚えがある。この人がもぐら堂の店主だった。

「おう、清和。早かったな……ビブリア古書堂の人たちだそうだ」

利平は弟に声をかけた後、俺たちを紹介してくれる。つい先日、市場で顔を合わせている店主――戸山清和と俺は「この前はどうも」と頭を下げ合った。

「鎌倉文庫の話を聞きたくて、わざわざ俺を訪ねてきたんだと」

鎌倉文庫。その言葉が出た途端、店主の眉がぴりっと波打った。すぐに元の表情に戻って、兄の利平に顔を向けた。

「兄さん、店の仕事はいいから、そろそろ準備しないと。もう二階へ上がっても大丈夫だ」

ああ、と利平は素直にうなずくと、カウンターの奥にある急な階段へ歩いていく。俺と三浦智恵子に軽く手を振り、ぎしぎしと踏み板を鳴らして二階へ上がった。

「……お兄さんは二階にお住まいなんですね」

三浦智恵子が首をかしげている。

「普段は店の倉庫に使っているんだが、他に泊まってもらう場所がなくてね。俺たち一家の住んでいるアパートは狭いし、小さな子供までいるから」

突然、彼女の両目が大きく見開かれた。今の話に驚くようなところがあっただろうか。店主に向かって前のめりに尋ねた。

「二階に本を置いているんですか?」

その質問の意図もよく分からない。こんな古い建物の二階に大量の古書を置いたら、床が抜けかねないのは確かだ。しかし、そんな話をしにここへ来たのではない。

「残念ながらよそに倉庫を借りる余裕がないんだ。いずれ、店の裏に物置でも建てるつもりで金も貯めている。まあ、今は二階にほとんど古書はないよ。兄貴を寝泊まりさせるために、出せるものを市場に出したりして場所を空けたんだ」

戸山清和は奇妙な質問にも律儀に答えてくれた。上の部屋で歩き回る足音が大きく響いている。

「鎌倉文庫のことで、兄貴が色々妙な話をしたと思うけれど」

ちらりと天井を眺めてから、彼は疲れきった声で話し始めた。

「兄貴は現実にあり得ないようなことを、悪気なく言ってしまう癖があってね……君たちの他にも、古書店の人間が何人か話を聞きに来ている。そのたびに本当のことを説明して、帰ってもらうのが俺の役目なんだ」

「じゃあ、お兄さんは鎌倉文庫の本をお持ちじゃないんですか」

おそるおそる尋ねると、清和はきっぱり首を振った。

「当たり前だ。兄貴にそんなコレクターの知り合いがいたためしはない。昔から似たような話をよくしているんだ。反物がぎっしり詰まった蔵がいくつもあるとか、後楽園球場より広い土地の権利を持っているとか……うちは親の代まで呉服商で、地主でもあったからまるっきりの嘘でもなかった。元は兄貴の気遣いでね」

「気遣い？」

俺は思わず聞き返す。

「兄貴は借金の申し込みを断らない人だった。それで、金を貸す時は必ず今言ったような話をしていた。自分には財産があるから、返済が多少遅れても気を病まなくていいってね。財産という財産を全部失っても、まだ借金の保証人になっていた……。そこで口にするのが鎌倉文庫のホラ話だ。まだ売れるものがあるから大丈夫だと言いたかったんだろう。今じゃ借金と関係ない相手にも触れ回ってる。自分でも信じこんでいるのかもしれない……兄貴の持ちものなんて、今じゃ表にあるおんぼろのオープンカーぐらいのものなのに」

まずご自分に嘘をついている――さっき吉原の言った通りだ。しかし、それでもまだ説明のつかないことがあった。あのオープンカーにあった茶箱からは、漱石の小型本と同じ樟脳の匂いがした。

「この前の市場でこちらから出品された荷物の中に、鎌倉文庫の印が押された本が三冊混じっていたんです。あれは誰かから買い取ったものですか？」

清和の顔が強張《こわば》った。戸山利平が鎌倉文庫の本を持っていないなら、漱石の小型本の出所が分からない。店主は深く息を吐くと、観念したように口を開いた。

「……兄貴がはもともと鎌倉文庫の本をいくらか持っている。それがうっかり紛れこんだか、わざと紛れこませたか……そこまでは俺にも分からない。貸本屋の鎌倉文庫が営業していた頃、中学生だった兄貴も客として通っていたんだ」

「え……」

鎌倉文庫の貸本屋が営業していたのは終戦直前から直後だという。利平が四十代なら、確かに当時客として通っても不思議はなかった。

「でも、貸本屋から借りた本なら返却するはずですよね。どうして手元にあるんです」

「盗んだんだろう」

清和は冷ややかに告げる。今度こそ俺は絶句した。

「あるいは借りた本を返さなかったか……学生時代、兄貴の素行は決していいと言えなかった。鎌倉文庫についてのホラ話も、自分の持っている本から思いついたんだろうな。まあ、兄貴に確かめたことはないし、確かめたところでまともな答えは返ってきそうにない」

店主は兄の縛った古書の束をぼんやり眺めている。戦前に出た古い漱石全集だった。紐のかかるところにきちんと当て紙をして、跡が残らないように気を遣っている。丁寧な仕事ぶりだった。

「さっきまで、ここに久我山書房の人が来て、お兄さんと話していました……借金の期限についてです」

智恵子がおもむろに口を開いた。

「お兄さんは二階でなんの準備をなさっているんですか？」

店主の顔色が変わった。そこへ階段を下りる足音が響いて、戸山利平が姿を現した。背広を羽織ってネクタイを締め、両手に茶箱を抱えている。俺たちの前を通りすぎて外へ出ていく。車のトランクを開ける音がかすかに聞こえた。

明らかに出かける準備をしている。借金の返済期限を過ぎていることを考え合わせれば、意味するところは一つしかない。

「兄貴にはしばらく身を隠してもらう。後は俺がなんとかするつもりだ」

暗い声で戸山清和はつぶやいた。

「なんとかって……どうするつもりなんですか」

俺の問いに、店主はしばし口をつぐむ。久我山から借りたという金は簡単に返せる額ではないはずだ。戸山利平が鎌倉文庫の本など持っていないなら、金を返すあてもないことになる。

「久我山さんだって金貸しが本業じゃない。交渉のしようはあるさ……兄貴の借金の片を付けるのは、これまでも何度かやってる。意外になんとかなるもんだよ」

自分の言葉を心から信じ切れていないことは、表情や声がはっきり物語っている。

ふと、苦い笑みが彼の唇に上った。

「困った人だけど、それでも俺の兄貴なんだ。身内との縁はそう簡単に切れるもんじゃない。否応《いやおう》なしに続くんだよ」

(世の中に片附くなんてものは殆どありやしない。一遍起つた事は何時迄も續くのさ)

俺の頭に浮かんだのは、智恵子が口にした『道草』の一節だった。結局、主人公は養父に金を渡して改めて縁を切るが、彼自身もその効力を信じていない。家族のしがらみからは逃れられないのだ。

「近々、ビブリアさん……君のお父さんに相談をお願いしたい。よくよく伝えておいてくれないか？」

それは兼井が昨日俺に頼んだことと奇妙に似通っていた。

ふと、俺は気付く。兼井や戸山清和や吉原――ずっと年上の大人たちが若造の俺に事情を詳しく話すのは、俺を通じて親父の姿を見ているからだ。親父の威光が届かないところでは、篠川登という人間を誰一人鼻も引っかけないだろう。

俺と親父の縁も否応なしに続いているものなのだ。


それ以上は話すこともなく、俺たちは店主に挨拶してもぐら堂を出た。

戸山兄弟がこの先どうなるのか気がかりだが、一つだけ言えることがあった。

「とりあえず、兼井に鎌倉文庫の本が渡る心配はしなくてよさそうだな」

話を聞く限り、戸山利平が鎌倉文庫の貸出本を持っている可能性は低い。万が一、持ち主だとしても本人に売る意志はないようだ。それに彼はこれから姿を消そうとしている。いくら久我山尚大でも、姿を消した人間から買い取りはできない。

「……そうでしょうか」

三浦智恵子はぼそりとつぶやく。それから道路の反対側に渡り、もぐら堂の建物を振り返った。視線の先には二階の窓がある。さっき干してあった洗濯物はもう取りこまれていた。

「二階がどうしたの」

「あの部屋の様子が知りたいんです」

そういえば、さっきも二階がどう使われているか妙にこだわっていた。彼女はあたりを見回す。もぐら堂の道路を挟んだ向かいには、外階段のある二階建てのアパートが建っていた。

「あそこなら見えますね。行きましょう」

アパートの門をくぐって、軽やかに鉄の階段を上がっていく。

「篠川さんも来て下さい。大事なことなんです」

上から声をかけられる。勝手に覗くのはまずいと思ったが、どんなものが見えるのか気になった。どうせ普段からアパートの住人には丸見えのはずだ。

結局、俺も階段を上っていった。

もぐら堂の二階にはそう広くない和室が一間あるだけだった。部屋の奥には下への階段も見えている。出発の準備を終えているのか、戸山利平の姿はなかった。隅に畳まれた布団が積まれている以外、本当になにも見当たらなかった。

「……なにもないな」

「そうですね」

少女は淡々と同意する。特に落胆しているわけでもないようだ。なにを確かめたのかを尋ねようとした時、もぐら堂のガラス戸が開いて戸山兄弟が姿を見せた。なにか短い言葉を交わして、店主の清和は店に戻っていった。兄の利平は赤いオープンカーに近づいていく。出発しようとしているのだ。

「あ、いけない」

セーラー服のスカートをなびかせて、智恵子は階段を駆け下りていった。俺も慌てて後を追った。

「戸山さん！」

彼女が高いトーンで話しかける。運転席に乗りこもうとしていた利平が振り返った。

「わたしたち、藤沢駅まで戻りたいんですけど、もし方向が同じだったら乗せていただけません？」

小首をかしげて屈託のない笑顔を見せた。知らないうちに俺も同乗する流れになっている。利平は面食らった様子だったが、それは俺も同じだった。

赤いオープンカーは雑木林のそばを走っている。まだ舗装されていない砂利道で、木々の合間から時々小田急線の線路が見えた。国道から外れているせいか、ほとんど車通りはない。

　戸山利平は確かに相当なお人好しで、面食らいながらも俺たちを車に乗せてくれた。俺が助手席に座り、後部座席には智恵子が茶箱と並んでいる。晴れているとはいえ、スピードが少しでも上がると十一月の冷たい風が頬に突き刺さる。

　ルームミラーの中で少女がぶるっと肩を震わせた。

「寒いかい？」

　利平が声をかける。

「乗せていただいているのにごめんなさい。少しだけ……膝にかけるものがあれば嬉しいんですけど」

「そこの箱に毛布かなにか入ってるはずだ。遠慮なく使いな」

「ご親切にありがとうございます」

　しおらしい口調とは裏腹に、本当に遠慮なく智恵子は茶箱の蓋を開けた。俺もちらっと振り返ると、衣類やら食器やら本やら、利平の持ち物が雑多に放りこまれている。彼女は8ミリカメラとフライパンを持ち上げて、その下から茶色の薄い毛布を引っ張り出す――一瞬、凍りついたように動きを止める。

「これはすごいですね！」

利平向けの演技ではなく、本気で驚いている声だった。茶箱に深く手を突っ込んで、一冊の古い本を取りだした。

「えっ！」

俺も大声を上げてしまった。本のカバーには花と一緒に「夏目漱石著『鶉籠』」と印刷されている。漱石の初期の初版本に違いない。傷みやすいカバーにもヤブレや変色はほとんどない。横浜の老舗古書店でガラスケースに展示されているのを見たことはあるが、こんなに状態はよくなかった。相当な古書価がつくはずだ。

彼女は眼鏡が触れそうなほど顔を近づけて、表紙カバーを凝視している。

「そいつは大切な本だ。しまっておいてくれ」

さすがに利平が渋い顔で釘を刺す。しかし、智恵子は箱に戻す前に素早く本をめくっていた。鎌倉文庫の印があることを確かめたのだろう。

「これも鎌倉文庫の貸出本だったんですね……本当に驚きました。こんな素晴らしいものがあるなんて。こういうご本を他にも沢山お持ちなんですよね」

「もちろんだ。そいつは俺のお気に入りだから、手元に置いてるんだがな」

「古いご本を管理するのはとても大変なんでしょう？　どういう場所に置いてあるん

ですか？」

智恵子は親しげに運転席に身を乗り出した。利平も釣りこまれたように答えを口にする。

「大したことはしてねえよ。実家の蔵にしまってあるだけさ。売りようがなくて、残っちまった土地に建ってる蔵だ……もちろん中は見せられねえが」

「建物だけでも見たいです！」

ますます明るい声が車内に響いた。

「この中に鎌倉文庫の貸出本、文士たちの蔵書がある、そんな想像をするだけでも楽しそう。お願いします、戸山さん。ぜひ連れていって下さい！一生の思い出にしたいの」

三浦智恵子が両手を合わせて可愛らしく頼みこむ。きっと最初から利平から情報を引き出し、保管場所へ案内させるつもりでこの車に乗りこんだのだ。

「仕方ねえなあ……本当に建物だけだぞ」

人のいい利平は結局その頼みを聞いた。一瞬、うって変わって大人びた笑みが智恵子の唇をよぎる。この少女は目的のためには手段を選ばない。媚《こび》を売るのが有効だと思えば平気で売る。その徹底ぶりに俺は感心すらしていた。

油断ならないと思いながらも、目を離すことができなかった。

藤沢本町の住宅街にある行き止まりに、利平はオープンカーを停める。車を降りた彼は建物と建物の間にある、雑草の生い茂る小径《こみち》を進んでいった。その後に続く俺の耳元に、背後から智恵子が囁きかけてきた。

「『鶉籠』の初版本、樟脳の匂いがしませんでした。他の持ち物も全部です」

さっき古書に顔を近づけていたのは、匂いを嗅ぐためでもあったのだ。漱石の小型本とは違うところがあるらしい。ただ、違うことがなにを意味するのか、それは俺の理解を超えていた。

真新しい一戸建てやモダンなアパートに囲まれた狭い土地に、白壁と瓦屋根の土蔵が佇《たたず》んでいる。何十年も前からここに建っているのだろう。この先もずっとこの場所にありそうだった。

「おかしいな」

立ち止まった利平が首をひねる。

「前に来た時と様子が違う」

初めて訪れた俺にはどうおかしいか分からない。すると、智恵子が俺の袖を軽く引っ張った。

「他の場所にある可能性も考えていましたが、ここで当たりでした……あれを見て下さい」

と、土蔵の窓の下を指差す。沢山の茶箱が積み上がっていた。何度か雨に晒《さら》されたようだが、そこに置かれてから長い年月は経っていないようだった。

智恵子はそちらに走っていくと、茶箱を踏み台にして窓に顔を寄せた。分厚い観音開きの窓は細めに開いていた。確かにこの土蔵は様子がおかしい。普通なら窓は固く閉ざされているはずだ。

「戸山利平さん、扉を開けて下さい。鍵はお持ちですよね」

ひらりと地面に飛び降りたセーラー服の少女が、困惑している利平に声をかけた。

「い、いや……そんなわけにはいかねえ。建物だけって話だったろう。この中は人に見せるようなもんじゃねえんだ」

弱々しく首を振る。確認するのを恐れているかのようだった。

「でも、様子がおかしいですよね。窓も開いていますし、大事なものが盗まれている可能性だってありますよ。このまま帰るわけにいかないでしょう」

利平は口をつぐむ。智恵子の態度にはさっきまでと別人のような凄味《すごみ》がある。一体どちらが年上なのか分からない。

ふと、彼女はいたわるような笑顔を利平に向けた。

「大丈夫です。わたしの思う通りなら、これですべて片が付きますから」

俺はつい横顔を覗きこんでしまった。世の中に片付くものなんてほとんどない――『道草』を愛読している智恵子が本気で言っているはずはない。説得するための気休めだ。

しかし、利平の心には深く響いたようだった。

彼はポケットから出した古い鍵で錠前を外す。おもむろに引き戸を開けて中へ入った。俺たちもその後に続く。土蔵には樟脳の匂いが強く立ちこめていた。窓が開いていたのはこの匂いを外へ出すためだろう。暗がりの中で利平が近くの壁を探っている。しばらくするとぱちりと音がして明かりが点いた。

「あ……」

俺たちは息を呑んだ。土蔵の壁に沿って並んでいる古い棚に、ぎっしりと大量の古書が収まっている。三人とも駆け寄って端から背表紙を確かめる。文学全集や大判の美術書、古い雑誌類が目立つが、貴重な初版本も無造作に収まっている。永井荷風の『濹東綺譚』や『ふらんす物語』。そして漱石の『吾輩ハ猫デアル』、『道草』、『草枕』

——どれも目のくらむような美本ばかりだった。

智恵子が『道草』を函から出して見返しを開いている。かすかに両手を震わせながら、無言で俺にも見せてきた。「鎌倉文庫」の赤い印が押されているのは予想していたが、下の方にあるもう一つの蔵書印に目を剝いた。

その印は「漱石」と読める。夏目家の蔵書なのかもしれない。

「なんだこれは。どうなってるんだ……俺は夢でも見てるのか？」

利平が呻《うめ》くようにつぶやいた。血色のよかった頬が気の毒なほど青ざめて、今にも気絶しそうだった。奇妙なことに鎌倉文庫の本を持っていると言い続けていた利平が、この中で一番動揺していた。

「夢ではありません。ここにあるのは鎌倉文庫の貸出本……文士たちの貴重な蔵書です」

智恵子は落ち着き払って告げる。ただし胸元にぎゅっと『道草』を抱えたままだ。そのしぐさだけが妙に子供っぽく、俺は笑いを嚙《か》み殺《ころ》すのに苦労した。手放せない気持ちはよく分かる。

「なにをやってるんだ？」

突然、鋭い声が土蔵に響いた。引き戸のそばに黒いセーターを着た戸山清和が立っていた。

「兄さんも、きみたちも……どうしてここに」

清和はぐるりと土蔵を見回す。これだけ多くの古書が棚に並んでいても、まったく驚いた様子がなかった。ここにあることを知っているのだ。

「戸山清和さん」

セーラー服の少女が呼びかけた。

「鎌倉文庫の貸出本を、今持っているのはあなたですね」


「……いつから気付いていたんだ」

戸山清和がつぶやくと、智恵子が『道草』を抱えたまま答えた。

「鎌倉文庫の印が入った漱石の袖珍本に気付いた時から、すべての貸出本がもぐら堂にある可能性を疑っていました。他の本を市場に出そうとして、うっかり鎌倉文庫の貸出本も紛れこんだのではないかと」

「うちの店に来る前からか……さっき訊かれた時は肝が冷えたよ」

清和は苦笑いを浮かべた。

「買い取った後、在庫が交ざってしまったんだろうな。こんな大きな買い取りは初めてだったから、混乱していたんだ」

「お客さんから買い取ったんですか」

と、俺が尋ねる。

「ああ。元々の所有者が亡くなって、うちの近くの住むご遺族から宅買いの依頼があった……電話帳の広告を見て連絡したらしい。故人の家の納戸にある大量の文学書を処分したい、と。よくある買い取りのつもりで伺って、気が遠くなりかけたよ。兄貴のホラ話が現実になったみたいだった」

もぐら堂が買い取ることになったのは偶然らしい。とはいえ、この近辺で文学書に強い専門古書店は限られている。偶然だとしてもあり得ないほどではない。

「貯金をすべて下ろして、店を担保に金も借りて支払いの代金を作った。店の二階に運びこんでゆっくり整理していたら、兄貴が転がりこんでくることになった。誰にも知られずに千冊近い古書を保管できる場所は、ここぐらいしか思いつかなかった」

今なら俺にも理解できる。智恵子が店の二階にこだわっていたのは、古書の置き場所を特定するためだったのだ。

「樟脳の匂いを消そうとして、ここの窓を空けたんですか」

「ああ。亡くなった最初の持ち主は、古書を虫除《むしよ》けの樟脳と一緒に茶箱にしまっていた。いずれ匂いは消えるはずだけど、売る前に少しでも匂いを飛ばそうと思ったんだ」

「それで店の二階に茶箱があったのか……便利に使っちまってたが、鎌倉文庫に関係してたとはな。全然知らなかった」

兄の利平が口を挟んだ。『鶉籠』をはじめ、利平の持ち物に樟脳の匂いがなかった理由もこれで分かった。ここにある本とは持ち主が違っていたせいだ。清和は横目で兄を見ながら説明を続けた。

「兄貴が店で言いふらしていた鎌倉文庫のホラ話は、便利なカモフラージュになっていた。あれを聞いて本当だと思う古書店の人間はまずいない」

弟の辛辣な評価に利平は顔をしかめたが、そのことに文句は言わなかった。

「……久我山尚大は違ったんですね」

智恵子の問いに清和はうなずいた。

「最初は久我山さん本人から電話がかかってきた。いい買い手がいるから紹介してやると……俺は鎌倉文庫の貸出本など買っていません、兄貴のホラ話ですととぼけた。自分の店でじっくり時間をかけて売っていきたかった。そうしたら、久我山さんは兄貴に的を変えて、返せるあてもない大金を貸した。兄貴はそれを他の借金の穴埋めに使った。手元にはまったく残っていない。そう仕向けられたんだ」

彼は苦しげに顔を歪《ゆが》める。久我山から大金を借りた利平が逃げ出すところまで想定済みだったのだろう。この店主が兄の金銭問題を放っておくはずがない。これからなにが起こるのかは明らかだった。

「ここにある古書を久我山書房に売るつもりなんですか？」

「他に手はないだろう。それで兄貴の借金は返せる」

俺は智恵子と顔を見合わせた。

「実は、久我山さんの言った『いい買い手』のことなんですが……」

昨日、ビブリア古書堂であったことを俺は説明していった。買おうとしているのは兼井という成金で、自分の死後に集めた古書を燃やすと言い放ったことも。

「金を返すなら、別の人にこの古書を売ってもいいんじゃないですか？　久我山さんたちである必要はないでしょう」

ここの初版本を欲しがるコレクターは確実にいるはずだ。大学や文学館などに一括で買い取ってもらう手もある。しかし、清和の態度は変わらなかった。

「うちみたいな小さな店には、すぐに大金を出してくれる顧客のあてはない。もしあったとしても、今度はそのお客さんのところに久我山さんたちが押しかけて売却を迫るかもしれない。兼井という人物の噂は俺も聞いている。相当な財産があるそうじゃないか……なにより、借金の返済期限はもう過ぎている。兄貴の書いた借用書がどういう筋に流れるか分からない。君たちの話は分かるが、もう時間がないんだ」

俺は黙りこむしかなかった。若造の俺が思いつく程度のことは、この人もとっくに検討している。それでも八方塞がりだったからこそ、久我山に売るしかないと結論を出したのだ。

「つまり、絶対に身元が分からず、口も堅く、大金をすぐに用意できる顧客を用意できれば解決なんですね」

智恵子が口を開くと、土蔵に白けた空気が流れた。それができないからこの人も苦労しているのだ。清和は太い眉を寄せた。

「まあ、そうだが……」

「そういう顧客に、心当たりがあります」

抱えたままだった『道草』の表紙に彼女は手を置いた。まるで古書の言葉を代弁しているかのようだった。

「わたしに任せていただけませんか」

他の誰もが唖然とした。年端も行かない女子高校生が、プロの古書店主にも導き出せなかった解決策を出せると言っている――。

「ずっと気になっていたんだが、一体君は何者だ？」

清和が厳しい口調で尋ねた。

「ビブリアさんに十代の娘はいないはずだ。アルバイトすら今は雇っていないと聞いている……ビブリア古書堂の者だと名乗ったそうだが、一体どういうことなんだ」

最後の質問は俺に向けられていた。お前が連れてきたのだからお前が釈明しろということだろう。

さて、どうするか。

しばし考えてから、咳払いをして深く頭を下げた。物怖じしない俺の性格はこういう時のためにある。

「説明不足ですみませんでした。確かにこの娘《こ》はうちの店員でも、家族でもありません。常連客の一人です……ただ！」

戸山兄弟が反応する前に、俺は楔《くさび》を打つように大声を張る。そしてゆっくり顔を上げ、二人の顔をじっと見据えた。

「彼女はとても優秀です。できるあてがないことを口にしたりしません。なにをやろうとしているのか、俺にはまったく見当がつかない。でも、結論を急ぐ前に話を聞く価値はある……それは俺が保証します」

言い終えてから三浦智恵子の方を向く。目も口も大きく開けたまま、言葉を失った様子で俺を眺めている。本気で驚いている彼女を目にするのは初めてだった。

その時の表情はずっと後まで、俺の中で尾を引き続けた。

*

次の土曜日は再び小雨模様だった。

午後になってもビブリア古書堂にはほとんど客が来ない。カウンターの中にいる俺は、ラジオの音楽番組を聴きながら仏頂面で頬杖《ほおづえ》を突いている。今日も親父は出かけていて、店内にいるのは俺一人だった。

前の日曜日に起こったことをまた思い返していた。「保証します」と俺が叫んだ後、戸山清和は三浦智恵子と二人だけでしばらく話し合い、ひとまず彼女の提案に乗ると決めたようだった。

近くの公衆電話から智恵子がその「顧客」に連絡し、その人物の到着を待つ間、戸山利平が自分の車から8ミリカメラを持ってきて、他の三人に熱弁を振るい始めた。

ここに収まっている鎌倉文庫の貸出本が自分のものでなく、今後も決して手に入らないことは分かっている。しかしだからこそ、この素晴らしいコレクションがほんの一時、自分の蔵にあったという記念が欲しい。貴重な古書と自分が一緒に映っている姿を撮影してもらいたい——。

もし第三者に見られたら誤解を招くと弟の清和にたしなめられたが、利平はまったく諦めなかった。結局、撮影した映像を利平だけで鑑賞することを条件に、カメラを回すことになった。

カメラを持つ係は智恵子に決まった。場所が分かるように土蔵の外から撮り始める。引き戸を開ける係は俺だった。利平は自分が持っていた『鶉籠』も一緒に並べて、カメラの前で開いて見せる演技まで披露していた。終始和やかな雰囲気だったが、問題はその後だった。

顧客が現れる前に、俺は立ち去るよう智恵子から申し渡されたのだ。

「この取り引きにわたしたちが関わっていることは、吉原さんを通じて久我山にも伝わります。きっと厳しく追及されるでしょう」

智恵子は珍しく申し訳なさそうに言った。

「すべての事情を知る者は最小限の方がいい……わたしだけではなく、もぐら堂さんや顧客も同じ意見です。嘘の苦手な人から、すべてが露見する恐れがあります」

もちろん腹は立ったが、彼女の言う通りだとも思った。吉原に小馬鹿にされたほど嘘の下手な俺が、さらに経験豊富な久我山尚大――智恵子の父親に秘密を隠しおおせる気がしなかった。

ちなみに戸山利平も同じ理由でその場を退出させられた。例のオープンカーで藤沢駅まで送ってもらい、それっきり俺はこの件に関わっていない。

火曜日に戻ってきた親父を戸山清和が訪ねてきて、長い時間「相談」していたようだった。その後、親父はあちこち出かけていたが、詳しいことを俺はなにも知らされていない。今のところ久我山尚大に呼びつけられることもなく、平穏無事に日々を過ごしている。片付かないのは俺の感情だけだ。

「……あの」

急に声をかけられて、反射的に立ち上がる。客が入ってきたことにまったく気付いていなかった。

「いらっしゃいませ……」

途中で声が小さくなる。カウンターの向こうに立っているのは、髪を長く伸ばした黒いセーラー姿の少女だった。

「ごめんなさい。なかなか来られなくて」

三浦智恵子は頭を下げた。今日は古書を買いに来たわけではなさそうだ。ということは、わざわざ改めて謝罪するために来たのだろう。

「今日は昼飯食べてる?」

彼女は無言でうなずく。

「じゃあ、コーヒーでも淹れるよ」

と、俺は言った。


俺たちはカウンターの内側で少し距離を置いて座った。長机の上では二つのコーヒーカップが湯気を立てている。もちろん安物のインスタントコーヒーだ。

「誰に鎌倉文庫の本を売ったのか、言えないことに変わりないんだよな」

期待してはいなかったが、それでも一応確認してみる。

「はい」

智恵子はきっぱり答えた。俺は仕方なくコーヒーに口を付ける。粉を入れすぎたつもりはなかったが、いつもより苦く感じられる。

「篠川さんにはなんでも話していますし、訊かれたことにも必ず答えることにしています……でも、これだけは別なんです」

ついため息が出てしまった。つまり俺の中でこの件は永遠に片付かないということだ。まあ、片付くことなどほとんどないのだろう。悩みの質はまるで違うが、漱石もこんな気持ちで『道草』を書いたのかもしれない——。

俺はコーヒーカップを置いた。

「そういえば、一つだけ答えてもらってない質問がある」

「なんですか」

彼女が無表情に首をかしげた。

「どうして、俺に自分の生い立ちを明かしたのか」

自分は久我山尚大の隠し子——後からどう考えてもあんな話をする必要はなかった。この少女ならいくらでも上手に誤魔化せたはずだ。

「ああ、あれは……」

彼女は珍しく続きを言い淀んだ。カップに軽く口を付け、膝の上で両手に包みこむ。

長い沈黙の後、諦めたように深く息を吐いた。

「……分かりません」

「え？」

予想外の答えだった。

「自分でも分からないんです。あなたを一目見た時から、自分のことを話してもいいと思っていました。あなたにだけは、心が許せる気がして……本当に、どうしてだろう……」

頰が熱くなったのを感じて、俺は自分の顔を撫でた。三浦智恵子が今、本音を語っているとなぜかはっきり分かる。ふと、むっとしたように彼女は顔を上げた。

「わたしからも質問があるんですけど」

どうぞ、と返事する前に、智恵子は畳みかけてきた。

「どうしてあなたはわたしをいつも信用するんですか」

「……なんの話？」

とぼけているわけではなく、本当に意味が分からなかった。じれったそうに彼女は続ける。

「わたしが『道草』の見返しが破れていると指摘した時、わたしが自分で破った可能性を疑いませんでしたよね」

「そりゃそうだ。君が破るわけないじゃないか」

「それが分からないんです。わたしの生い立ちが嘘かもしれないとも疑わなかった。

日曜日にもぐら堂へ行った時も、わたしの言ったことをすべて信じていた……最初はわたしをよく知らないからだと思いました。でも、油断のならない、警戒すべき相手だと感じていても、わたしの言葉を疑わない……どうしてですか」

俺は答えに窮した。確かにそうだ。心の奥深くを暴かれた気分だった。しかし、理由を考えても意味がなかった。こればかりは理屈ではないのだ。

「なんとなく、君は俺に嘘をつかない気がする」

「なんとなく」

不思議そうに彼女は繰り返した。この少女の頭には存在しなかった言葉なのだろう。

「うん。なんとなくだ。他に説明のしようがない」

智恵子は眼鏡の奥で眉を寄せ、なにもない空間を見上げた。長い時間をかけて曖昧すぎる俺の言葉を咀嚼《そしゃく》したようだった。やがて理解できたのか、理解できないと理解したのか、妙にすっきりした顔つきになった。

「あなたに預かって欲しいものがあります」

黒い革の学生鞄から、一冊の古書を取り出した。布装の函に入った美本だ。

夏目漱石の『道草』だった。先週、ここで買っていった袖珍本と装釘はそっくりだが、こちらの方がずっと大きい。正真正銘の初版本ということだ。

「これは……あの土蔵にあった初版本？」

智恵子がずっと胸に抱いて、なかなか放そうとしなかった一冊だ。

「どうして君が持ってるの」

「今の持ち主の方からいただきました。取り引きを紹介してくれたお礼だそうです」

その持ち主について尋ねたい気持ちをぐっとこらえて、俺は質問を重ねる。

「俺に預ける理由は？」

「万が一、母に知られたら困りますから」

確かに女子高校生の部屋にこんな稀覯本が並んでいたらおかしい。文学館に展示されていてもおかしくない、貴重な夏目家の元蔵書なのだ。

「後は……なんとなく、でしょうか」

そう付け加えて、彼女はいたずらっぽく笑った。俺も釣られて噴き出す。要は俺への信頼の証であり、日曜日の件の詫《わ》びということだろう。状態のいい稀覯本をいつでも間近で見られるのは、鑑定眼をきたえる意味でもありがたい。

「分かった。大事にしまっておくから、いつでも見に来ればいいよ」

俺は『道草』を受け取った。

「それなら、土曜日に来ます」

「他の曜日でも構わないけど」

「わたし、土曜日のビブリア古書堂が一番好きなんです」

好きという言葉を口にした途端、彼女の白い頬がかすかに色を帯びた。当人も不思議そうに自分の顔に触れている。

俺は照れ隠しに『道草』を抱えて立ち上がった。まずはこの古書の置き場所を決めなければ。

これから俺たちがどうなるのか、それはまだ分からない。一つの物事が片付かないまま、別のなにかが始まることもあるだろう。

三浦智恵子とは長い付き合いになる予感がした。

第三話　平成編『吾輩ハ猫デアル』

ビブリア古書堂の奥のドアを開けると、母屋は静まり返っていた。

さっきは母屋に戻った時は、下の娘が冷蔵庫からおやつのゼリーを出そうとしていたが、台所にも居間にも姿が見えなかった。

「文香《あやか》」

呼んでも返事はない。台所のゴミ袋にはゼリーの容器が捨てられ、洗われたスプーンも水切りかごに干してある。子供部屋にもいなかったから、トイレにでも行っているのかもしれない。

外では音もなく小雨が降っている。もう七月に入っているが、梅雨は当分明けそうにない。玄関横の郵便受けに差さっていた夕刊も、半分だけうっすら湿っている。いくつか届いている郵便物の中に、俺――篠川登宛の手紙や葉書はなかった。

玄関まで来たついでに煙草《たばこ》を一本吸うことにした。午後三時を回った今が俺の休憩時間だ。上の娘とその友達に店番をやってもらっている。

サンダル履きで外へ出て、煙草に火を点ける前に体を大きく伸ばす。肩と腰と膝が同時に悲鳴を上げた。年を取るにつれて疲れやすく、体のあちこちが痛むようになった。いつ大きな病気をしても不思議はない年齢だ。中高年の同業者同士で顔を合わせると、持病や健康診断の話ばかりしている。

もうすぐ俺は四十九歳になる。

軒下で一本吸い終わって母屋に戻ろうとした時、俺は下の娘の長靴が見当たらないことに気付いた。外へ出かけていったのだ。どこにいるのかなんとなく分かる。傘を差した俺はぐるりと建物の角を回り、北鎌倉駅のホームに沿って歩き出した。

こういう小雨の日は嫌でも智恵子のことを思い出す。一九七三年の雨の日、俺と親しくなったセーラー服姿の女子高校生。信じがたいことにあれから三十年近く経っている。

鎌倉文庫をめぐる騒ぎがあった後も、彼女は土曜日のビブリア古書堂に通い続けた。俺とは気の置けない友人同士のような、仲のいい兄妹《きょうだい》のような関係を保っていた。大学を卒業した俺は親父のもとで古書店の仕事を学び始め、彼女は高等部から大学に進学した。

智恵子を一人の女性として意識するようになったのはいつだろう。

家庭の事情から彼女が大学院をやめて、うちの店で働くようになった頃だったか。十代の頃の無愛想はいつのまにか影を潜めて、人の気を逸らさない巧みな応対を身に着けていた。たちまち何人も常連客がつき、彼女目当てに県外からも古書コレクターが訪れるほどだった。

桁外れの博識と明晰《めいせき》な頭脳、人の心を読むような観察眼に支えられた有能ぶりには危うさも付きまとっていた。自分も含めて人間の機微に疎く、理解はできても共感することはほとんどなかった。他人の自尊心を踏みにじるようなことも平気でやりかねない。傍《そば》で見ていてひやりとする瞬間が何度もあった。

この娘は油断がならない――知り合った頃からそう感じていたのに、いつのまにか俺にとってかけがえのない存在になっていた。智恵子は決して善人ではなかったが、同時に彼女への信頼も俺の中で揺るがなかった。良きにつけ悪《あ》しきにつけ、智恵子は俺に嘘をつかなかった。自分を決して偽らない強さを持ち、知的好奇心の赴くままに答えを探し続けるひたむきな姿は、俺の目にはひどくまぶしく映った。

交際と結婚を同時に申しこんだ時、そんな思いの丈を長々と語ったように思う。彼女は結婚に応じる代わりに一つ条件を出した。

「いつかわたしはあなたの前から突然いなくなるかもしれない。五年後か、十年後か、前触れも跡形もなく……それでもよければ一緒にいましょう」

構わないと俺は応じた。いなくなったらここで君を待つと――本音を言えば構わないはずはなかったが、同時に理解もしていた。油断のならない、得体の知れない彼女の示した最大限の親愛が、この条件つきの承諾だということを。

　俺たちは結婚し、二人の娘も授かった。そして十数年の穏やかな日々の後、本当に突然智恵子は姿を消してしまった。二年前のことだ。

　あいにくの天気だったが、明月院《めいげついん》へ紫陽花《あじさい》を見に行く観光客で北鎌倉駅は賑わっている。ホームが途切れた先には円覚寺《えんがくじ》の参道があった。横須賀線の線路で断ち切られた参道には踏み切りが設置されている。

　上がった遮断機のそばでピンク色の傘を差したTシャツとジーンズの小学生が立っていた。

「文香」

　ポニーテールの髪を振って少女が振り返る。どこか虚《うつ》ろだった大きな瞳は、俺を認めた途端たちまち生気を取り戻した。

「あ、お父さん！」

　白い歯を見せて笑う。生え替わりの最中なので前歯が二本ない。

「家にいなかったから、迎えに来た」

「買い物に行ってたんだよ。卵と牛乳と納豆が切れそうになってて」

　文香は白い買い物袋を掲げる。そろそろ買わないとな、と冷蔵庫を開けるたびに思っていたところだった。

「ありがとう。うっかりしてたよ」

「本当だよ。お父さんもお姉ちゃん注意力も足りないんだから」

大人びた口調に苦笑する。

「……そうだな」

智恵子が出て行ってから、俺と上の娘が主に家事をやっているが、二人とも細かなミスが多い。小学生の文香に一番適性があるようで、俺たちの仕事を自分から肩代わりすることが増えていた。

「もういいのか」

家に向かって歩き出した娘に声をかける。

「うん。今日はもういい」

この踏み切りを通りすぎる時、文香は長い時間立ち止まることがある。幼い頃から智恵子がどこかへ出かけると、この踏み切りのそばで帰りを待つ癖があった。北鎌倉駅の改札は線路の向こう側にあり、行き帰りには踏み切りを渡らなければならない。外出から帰ってきて、遮断機のそばに立つ下の娘に気付くたび、智恵子は怪訝そうな顔をしていたものだった。

「家で待っているのと大して変わらないのに、文香はどうしていつも迎えに来るのかしら」

母を待つ子の気持ちが本当に分からない様子だった。今は家でも踏み切りでも、どちらで待ったところで智恵子に会うことはできない。しかし、万が一帰ってくるとしたら、必ずこの踏み切りを通るはずだ。

母を待っていると文香が俺に言ったことは一度もない。出て行った頃は別にして、娘たちが母について話すことはほとんどなくなっていた。

「そういえば、お店はどうしてるの？　今日はアルバイトさんお休みでしょ」

文香が隣を歩きながら尋ねる。

「お姉ちゃんが帰ってきたから、カウンターに入ってもらってる」

正確には娘の友達も一緒にいるのだが、文香は心配そうな顔を俺に向けた。

「じゃあ、急いで帰らないと」

そう言って早足になる。小さな背中を追いながら、俺は物思いに沈んでいた。

俺は智恵子との結婚を後悔していなかった。いずれ彼女は消えてしまうかもしれない――そんな予感も覚悟も俺の中にあった。しかし、娘たちを巻きこんでしまったことが心苦しかった。俺一人が責任を負いきれることではなかったと、智恵子がいなくなってから気付いた。

「ただいま！　お姉ちゃん一人で大丈夫？」

ガラス戸を開けた文香が呼びかける。カウンターの向こうでぱっと顔を上げたのは俺の娘ではなかった。半袖の白いセーラー服を着た、ショートカットの小柄な高校生だった。切れ長の目を文香に向けて、不敵な笑顔で高らかに答えた。

「大丈夫だよ！　わたしもいるからね！」

「リュウちゃんさんだ！　こんにちは」

走っていった文香は、カウンター越しに何度もハイタッチした。

「久しぶりだね文香ちゃん！『ちゃん』か『さん』かどっちかにして。でもイエーイ！」

文香と両手をぱちぱち鳴らしている彼女は滝野《たきの》リュウという。長女の幼馴染《おさななじ》みで、今は同じ聖桜女学園の高等部に通っている。うちにもよく遊びに来ていた。俺に気付いたリュウはやっとハイタッチを終わらせた。

「おじさん、買い取り二件来ましたよ。新刊多めのコミックと、古い文芸書が段ボール箱一つずつぐらい。買い取り票はレジに入ってます」

てきぱき説明してくれる。滝野リュウは港南台にある滝野ブックスという古書店の娘だ。たまに店の手伝いもしているそうで、接客には慣れていた。

「悪かったね。査定は？」

リュウが意味ありげに背後を振り向く。遠い昔、作業用の長机があった場所に、今は古書が高く積み上がって壁のようになっていた。その向こうに人の気配がある。

「やってもらって、支払いも済んでます」

その説明が合図だったかのように、同じ半袖のセーラー服を着た娘が古書のかげから姿を現した。黒縁の眼鏡や背中まで伸びた長い黒髪といい、色白なところやくっきりとした目鼻立ちといい、見た目は俺と知り合った時の智恵子によく似ている。セーラー服に夏服か冬服かの違いがあるだけだ。

篠川家の長女、栞子だった。

「……お帰りなさい」

か細く力のない声、丸まっている背中。極端に内気で人見知りなところは智恵子とは違っている。

「どれをいくらで買ったか、付箋に書いてある」

足元に置かれた段ボール箱を指差した。カウンター越しに箱を覗きこむと、付箋の位置や本の向きまできちんと揃っている。几帳面な仕事ぶりだ。おそらく査定額もほぼ適正だろう。

最近、栞子に店の仕事を手伝ってもらうことが増えた。買い取りや値付けについてはほとんど任せられる。恐ろしいほどの読書量で、古書の相場にも詳しい。ただ、内向的な性格のせいか接客が不得手だ。店に入る時は誰かのサポートが必要だった。

「問題がなかったら、値付けと品出しもやる……」

説明を終えて古書の奥《おく》へ引っこもうとする栞子に、カウンターを回りこんだ文香が飛びついた。

「うわーい！　お姉ちゃん！　ただいま」

セーラー服のスカーフ留めあたりに額を押し付けて、腰にぎゅっと腕を回している。姉の方もためらわずに抱きしめ返した。娘たちは帰宅すると必ず互いに抱擁している。母親がいなくなってからずっと続いている習慣だった。

「ちょっと！　いいなそれ。わたしも交ぜろ！」

滝野リュウも二人に覆《おお》い被《かぶ》さって、楽しげな笑い声が店内に弾《はじ》けた。普段あまり笑わない栞子も、この時ばかりは口元をほころばせている。三人の輪が解けると、リュウが時計を見上げた。

「あ、いけない。そろそろ帰らないと」

リュウは手早く荷物をまとめると「また明日」と栞子に声をかけた。またね、と栞子も軽く手を振って友人を送り出した。ややあって、文香も買い物袋を提げて母屋へのドアを開けた。

「文香もお風呂掃除とご飯炊く準備しようっと」

「……いいから宿題やりなさい」

俺の注意を聞き流して、口笛を吹きながら店を出て行ってしまった。俺と栞子だけが後に残ると、急に火が消えたようにしんと静かになった。いつのまにかやらなくなったが、こういう時は店内にラジオを流したくなる。

智恵子がいなくなってから、栞子はより内向的になった。十代の多感な時期に母親が失踪すれば、性格に影響が出るのが当たり前だ。この子は同じ読書家だった母親との結びつきも強かった。

「栞子も母屋に戻っていい。後はお父さんの仕事だ」

「……それなら、パソコンを使ってもいい？　インターネットで調べたいことがあるの」

俺はうなずいた。本の壁の奥にはパソコンが置かれている。智恵子が家を出る直前、これからの時代は必要だからと説得されて買ったものだ。まだ俺はキーボードの操作に慣れず、パソコンを使う作業も栞子に手伝ってもらっている。私用で多少使ったところで目くじらを立てる気はなかった。

俺は栞子が仕入れた本を確認する。コミックの入った箱には『二十世紀少年』や『バガボンド』といった今連載中の青年マンガが多い。ビブリア古書堂では新古書を基本的に扱わないので、月曜開催の市場に出すことになる。残念ながら今日は月曜日で、すでに市場は終わっている。来週出品する荷物に加えよう。

新しいコミックの中にサンコミックス版の藤子不二雄《ふじこふじお》のSF短編集が二冊交じっていた。こちらは店に出すことにする。

俺と智恵子がビブリア古書堂を継いでから、古書マンガやSF、ミステリー小説なども店に置くようになった。そのせいか、若い世代の客が昔より確実に増えた。体調を崩した親父は経営を退いて、五年前に癌で他界している。頑固な人だったが、俺たち夫婦のすることに一切口を挟まなかった。お袋は親父よりもずっと以前に亡くなっている。今、篠川家にいるのは俺と二人の娘だけだ。

年月とともにビブリア古書堂も篠川家も変わっていく。

仕入れたコミックを分類し終えた俺は、古い文芸書の箱を確かめていった。古書価はつかないものの状態は悪くない。

戦前に刊行された『川端康成選集』の端本を開いた時、ふと俺の手が止まった。見覚えのある赤い印が見返しに押されている――「鎌倉文庫」。たちまち三十年近く前の記憶が蘇《よみがえ》ってくる。藤沢本町の土蔵で俺が目にした大量の貸出本。結局、あの貴重なコレクションを買った人物の名は分かっていない。発見されたという話も聞かないから、今も誰かが所蔵しているのだろう。

この仕事をしていると、ごくたまに鎌倉文庫の貸出本に出会う。あの時、土蔵にあった本ではなく、なにかの事情で別のところに紛れこんだものに思える。

『川端康成選集』を手にした俺は、古書のかげにいるセーラー服の娘に声をかけた。

「栞子」

「この本になにか紙が挟まってなかった？」

パソコンのモニターの前にいた栞子が椅子ごと振り返った。

その手には「讀書券《どくしょけん》」と印刷された厚紙がある。形や大きさはまちまちだったが、鎌倉文庫の貸出本には大抵「讀書券」が挟まっている。そこに書き込まれた数字や文字の意味ははっきりしない。以前、俺も鎌倉文庫について調べてみたものの、文士たちが終戦直後に立ち上げた出版社として語られることが多く、その前身である貸本屋について触れた資料はあまりなかった。

智恵子ならもう少し詳しく知っていたかもしれない。

「……この紙も必要？」

「いや、少し気になっただけだよ」

仕事に戻ろうとして、スカートの膝に置かれた古い冊子が目に入った。『別冊かまくら春秋　特集・鎌倉文庫』。かまくら春秋は鎌倉で古くから刊行されているタウン誌で、著名な鎌倉文士もよく寄稿している。この別冊は鎌倉文庫の特集号だった。俺も目を通したことがある。

「鎌倉文庫のことを調べてるんだな」

「うん。今、貸出本を買い取ったでしょう？　ちょっと興味が湧いて……参考になりそうな本が何冊かあったのを思い出したの」

本の話になると栞子の声や表情は明るくなり、口調も急に滑らかになる。こういう時はできるだけ話を聞くことにしていた。

「その本も参考になるのか？」

俺はパソコンのキーボードのそばに置かれた中村苑子『俳句礼賛　こころに残る名句』を指差した。エッセイの名手としても知られている有名な俳人だ。

「去年出たエッセイ集だけど、中村苑子は貸本屋の鎌倉文庫で働いていたみたいで。

漱石の蔵書印のある初版本や、永井荷風の『ふらんす物語』や『濹東綺譚』の初版本が……」

嬉々《きき》として説明してくれる。その初版本の数々を実際に俺は目にしているわけだが、それを告げていいものか迷った。栞子が普段決して口にしない母親の名を出さずに、あの出来事を説明するのは不可能だからだ。

「それでね、インターネットで調べてみたら、鎌倉文庫の貸出本が最近オークションサイトに出品されたみたい」

不意に栞子が俺の知らない情報を口にした。数年前に現れたインターネット上のオークションサイトは、俺のような中高年の古書店主たちの間でも話題になっている。パソコンを使えば誰でも参加できる競り市で、最近は古書もかなり出品されるようになった。長年、プロが作ってきた古書の相場が素人に荒らされると眉をひそめる向きもあるが、販路の一つとしてうまく利用している若い店主も多いようだ。出品や入札をしてはいないものの、俺も時々覗いている。

「それ、お父さんにも見せてもらえないか」

「分かった。まず、半月ぐらい前に出品されたのがこれで……」

栞子はパソコンを操作して、オークションサイトを画面に表示させた。鎌倉文庫の貸出本だという古書は、俺にも見覚えのある一冊だった。

漱石の『道草』――装釘は初版本とほぼ同じだが、版型の縦横比や函の材質で見分けはつく。版型を小さくした袖珍本だった。三十年近く前、この店で智恵子が買っていったものと同じだ。

結婚した時、智恵子は膨大な蔵書をこの家に運びこんだが、『道草』の袖珍本が含まれていたかは分からない。二階の一部屋を埋めつくすほどの数だったから、その中の一冊の有無など記憶のしようがなかった。ただ、鎌倉文庫の貸出本を買った人間から譲られたという『道草』の初版本は確かに並んでいたと思う。彼女が失踪した後、残った蔵書を確認した時には消えていたので、荷物に入れて持っていったのだろう。袖珍本も一緒に持っていったのか、あるいは最初からこの家に持ってこなかったのか、どちらとも判断がつかなかった。

栞子はオークションサイトに掲載されている『道草』の画像を次々に見せてくれた。見返しには鎌倉文庫の印章があり、奥付は大正三年九月発行、大正六年縮刷発行とある。本当にあの時の古書なのか。鎌倉文庫に置かれていた『道草』の袖珍本が一冊とは限らない――疑いの目で眺めていると、栞子が最後の画像を表示させた。

それは裏見返しの画像だった。本ののど近くまで、大きな破れ目が入っている。

（値札にはヤブレが記載されていませんが、それでもこの値段ですか）

少女時代の素っ気ない智恵子の声が鮮やかに蘇る。間違いなくこの本は一九七三年、彼女が昼食代を切り詰めて買った『道草』だ。落札価格はわずか千五百円。あの時よりもさらに安い。

出品者の名前は「ｋｍｋｒ１２３４」。「ｋｍｋｒ」は「鎌倉」のもじりだろうが、数字も含めて深い意味のある組み合わせではなさそうだった。

この出品者が智恵子だったら、という考えが頭をかすめた。いや、それはおかしい。だとすると、結婚する時にこの家まで持ってきて、出て行く時にも携えていった大事な袖珍本を、数年後に突然二束三文で売り払ったことになってしまう。なにかの事情で智恵子から譲られた者が出品した――そう考える方がしっくり来る。

「……お父さん？」

栞子が怪訝そうに俺を見上げている。

「この人が出品したのはこれだけ？」

「ううん……もう一冊、鎌倉文庫の貸出本を売っているけれど、そっちの方は本当にすごいの！」

栞子の声のトーンが突然跳ね上がった。かちりとマウスのボタンを押すと、別のページが現れた。

「えっ」

大文字で強調されたタイトルを見た途端、思わず俺の口から声が洩れた。

★『吾輩ハ猫デアル』★明治38年発行／夏目漱石

タイトルの下に古書の画像も表示されている。茶色がかったカバーの表紙と背表紙に『吾輩ハ猫デアル』という題字があり、猫の顔をした奇妙な人物の絵が中央にあしらわれている。小口側が表紙から少しはみ出していて、カットされた本の天に金箔《きんぱく》を貼った天金、地がアンカットという独特の装釘。

知らぬ者のない漱石の初期代表作——その初版本、上中下編のうち上編だ。

古いパラフィン紙はかかっているが、カバーがきれいな状態で残っているのは見て取れる。天金も美しい光沢を放っていた。これほどの美本には一度しかお目にかかったことがない。あの藤沢本町の土蔵で見た、夏目家所蔵の初版本。

栞子は表紙以外の画像も次々と大きく表示してくれた。遊び紙には鎌倉文庫の印があり、その下に「漱石山房」の大きな印が赤々と押されている。

「これ、漱石の落款でしょう？　この『吾輩ハ猫デアル』の上編、鎌倉文庫で貸し出されていたっていう、夏目家の蔵書だと思うんだけど……」

漱石の落款に気付いた入札者たちもいたのだろう。数日間行われていたらしいオークションは六月二十四日に終了しているが、このオークションサイトで行われる古書の取り引きにしては珍しく、四十万円近い高値がついていた。通常『吾輩ハ猫デアル』の初版は上中下編の三冊セットでなければあまり値はつかないが、夏目家所蔵の初版本となれば話は別だ。

「……そうだな」

俺は短く答える。素直に興奮している栞子と違って、俺の胸は別の意味で乱れていた。千冊の貸出本の一冊がこうして売りに出されている。一九七三年に買い取った顧客の身に何らかの異変が起こったに違いない。

そして、この出品者は智恵子となにか関係がある。出品された一冊は元々智恵子の蔵書で、もう一冊は智恵子の仲介で売られた稀覯本なのだ。

「お父さん……この二冊のこと、なにか知ってるの？」

ずばりと核心を突かれて、思わず娘と目を合わせた。人を見透かすような黒い瞳が、眼鏡の奥でゆらめいていた。この娘も母親と同じような才能を持っている。少なくとも本についての隠し事はできない。

「実は……」

「ごめんください」

嗄《か》れた声とともに、がらりとガラス戸が開いた。和服を着た初老の女が店に入ってくる。この世代にしては背が高く、赤地に紫陽花の柄が入った縮緬《ちりめん》に白い帯を巻いている。白髪を染めたらしい茶色の髪には宝石のついたかんざしが挿さっていた。目の覚めるような派手な装いにも、外の道路に停まっている黒い大型車にも既視感がある。三十年近く前に一度顔を合わせただけだが、誰なのかは一目で分かった。

「ご無沙汰しています」

兼井健蔵の妻に向かって、俺は頭を下げた。相手はにこりともしない。昔より頬の肉が落ちて、尖《とが》った鼻が妙に大きく見えた。

「あなた、あの時の学生でしょう。今の店主はあなたなの」

「そんなところです……ご主人はお元気ですか」

「いいえ」

女はぴしゃりと言い放った。

「末期の肝臓癌です。あまり長くないでしょうね」

俺は絶句する。記憶の中の兼井健蔵はエネルギッシュな大柄の中年男で、死期の近い姿などまるで想像がつかなかった。

「それで、ご用件は」

刺々しい態度からいって、兼井の妻は好きでここへ来たわけではなさそうだ。早めに話を済ませた方がいいだろう。

「主人がビブリア古書堂に『相談』したいことがあるそうです。ここへはとても来られませんので、あなたがうちへいらして下さいな」

相談——懐かしい響きだ。かつてこの店では古書にまつわる厄介ごとの相談を受けていた。親父の引退後は智恵子がその役目を引き継いだ。厄介ごとを収める才能のない俺はまったく関わっていなかった。

「今は『相談』を受けていないんです」

智恵子がいなくなった今、この店にできることはなにもない。厄介ごとの解決を望む『特別な客』はたまに訪れるが、丁重に事情を説明して帰ってもらっていた。

「じゃあ、あなたが主人にそう説明してちょうだい。もう代替わりしているはずだから、相談など引き受けないでしょうと何度も言ったんですよ。でも、どうしてもビブリア古書堂の人間と話をさせろの一点張り……鎌倉文庫の件だから、と」

背後で椅子の軋《きし》む嫌な音がした。振り向くと栞子が本のかげから立ち上がっている。

「鎌倉文庫」という言葉に反応したのだろう。驚いた顔をしているが、もっと驚いているのが兼井の妻だった。かっと目を見開いている。

「あなた……あの時と同じ……いいえ、そんなはずはないわ。三十年も前なのに」

混乱するのも無理はなかった。あの時の智恵子にそっくりの少女がカウンターの中にいるのだ。着ているセーラー服が黒い冬服か白い夏服か、はっきりした違いはそれぐらいしかない。

「俺と彼女……智恵子の娘です」

仕方なく説明する。智恵子の名前を口にしたのは久しぶりだ。その説明で納得したのか、あるいは興味を失ったのか、兼井の妻はそれ以上栞子について触れなかった。

俺の方を向いて話を続ける。

「この前、うちで『吾輩ハ猫デアル』の上編の古本を買ったんですよ、インターネットのオークションで……主人が今でも欲しがってますからね、なんとか文庫の本を」

ついさっきパソコンで見たばかりのオークションサイトを思い出した。鎌倉文庫の貸出本を数十万で競り落としたのはこの人だったらしい。兼井がまだ古書を集めていたことがまず意外だった。あの三十年近く前の一件以来、鎌倉近辺の古書店主たちの噂にも上らなくなっていた。

「ご主人がお買いになったんですか」

「支払ったのはわたしですよ。この何年か、主人の誕生祝いに珍しい本を買うことにしているんです。あの人が自分で本を選ぶこともあれば、わたしたちが見繕うこともありますけどね」

意外な話だった。昔、この人は古い本など買うなと騒ぎ立てて夫と口論になっていた。それが夫のために古書を買うようになっている。

彼女は不快げに横を向いた。

「あんなもの、好きで買ってるんじゃありません。お金の無駄です」

そう言ってから、少し語調を和らげた。

「ただ、直《じき》にお迎えの来る人ですからね。気晴らしがあったっていいでしょう」

重病の夫への心遣いは立派だが、古書店の人間としては手放しで頷けなかった。なにしろ自分が死んだら集めた古書をすべて焼くと放言していた人物なのだ。あの上編の行く末も気になってしまう。

「このお店の定休日はいつ？」

「明日ですが」

「ちょうどいいわ。午後ならいつでも構いません」

強引に話を進められてしまっているが、とにかく兼井の家へ行くしかないようだ。明日は特に予定もなかった。

「うちの住所はここに書いてあります」

兼井の妻はカウンターに名刺を置いた。肩書きはなにもなく、鎌倉市扇《おうぎ》ガ谷《やつ》の住所と「兼井花子《はなこ》」の名前が印刷されている。彼女の名前を初めて知った。

「それじゃ、お待ちしていますよ」

兼井花子は踵《きびす》を返《かえ》して、ガラスの引き戸から外へ出て行く。再び店内が静まり返った。背中に娘の視線を痛いほど感じる。

「お母さんと、今の人……それに、鎌倉文庫の貸出本に、どういう関係があるの」

俺は一度目を閉じて、深く息をついた。こうなっては打ち明けるしかないだろう。考えてみれば隠す必要もない話だった。俺は年を取るにつれて、下手に口を滑らさないよう無口になってきている。年相応に落ち着いたつもりでいたが、意味もなく臆病になっていただけかもしれない。

「長い話になるんだが……」

記憶の糸をたぐりながら、俺は重い口を開いた。

　次の日は雨こそ降らなかったが、どんよりとした曇り空だった。

　栞子が学校から帰るとすぐ、俺たち二人はライトバンに乗って北鎌倉を出発した。扇ガ谷の兼井家へ行くには、小袋坂を上り下りして鶴岡八幡宮の近くを通らなければならない。この季節は紫陽花目当ての観光客が多く、平日でも車の往来もそれなりにある。思ったよりも到着まで時間がかかりそうだった。

　栞子は背筋を伸ばして助手席に座っている。昨日、俺は一九七三年に起こった出来事をおおむね娘に説明した。鎌倉文庫の貸出本を兼井健蔵が狙っていたことや、もぐら堂の所持していた貸出本が智恵子の仲介で何者かに売られていったこと――。

　むろん智恵子の家庭事情、特に久我山尚大との血縁については伏せておいた。俺の一存で明かしていい話ではないし、智恵子も娘たちに生い立ちをほとんど語っていなかった。

「わたしも兼井健蔵さんのお宅に行っていい？」

　すべて聞き終えてから娘は言った。

「鎌倉文庫の貸出本について、もっと詳しいことが知りたいから」

　貸出本は智恵子となにか繋がりがある。知りたいのは鎌倉文庫についてだけとは思えなかったが、俺はなにも訊かずに同行を許した。

半袖の白いセーラー服を着た栞子の膝には、岩波書店の新書版『漱石全集』が二冊載っている。第一巻と第二巻。収録されているのは『吾輩は猫である』だ。昨日の夜、この小説を読んでいたようだった。

「全部読んだの」

「うん、一通り……久しぶりに読んだけど、やっぱり面白かった。漱石の長編では、『吾輩は猫である』が一番好き」

ステアリングを握りながら、俺はちらりと娘の横顔を見た。本について語り出すと、娘の表情は明るくなる。もう少し話をしようと思った。この娘が『吾輩は猫である』を愛読しているのは意外だ。

「高浜虚子の勧めで書いたんだったかな」

「そう。虚子が中心メンバーだった文章会に漱石も参加していて……連句や俳体詩に熱心だった漱石に『文章も作ってみては』と虚子が勧めたら、この小説の冒頭部分を書いてきたそうなの。同人たちの間でも好評だったから、雑誌『ホトトギス』の明治三十八年一月号に掲載された……『吾輩は猫である』の題名を決めたのも虚子だったみたい」

「お父さんにはちょっと冗長に思えたかな。猫の視点で人間社会を描いているけど、主に題材にしているのは当時の漱石の日常だろう。筋らしい筋がないというか……自伝的な作品なら、同じ時期を扱った晩年の『道草』の方が面白かった……」

話しているうちに声が小さくなっていった。『道草』は智恵子の愛読していた長編で、あの袖珍本は俺たちの思い出の一冊だ。ただ忘れがたい記憶と結びついた作品の方を持ち上げているだけではないのか。

「物語として冗長なところは確かにあるけれど、個性的なキャラクターと日々のエピソードこそ楽しい小説でしょう。漱石自身をモデルにしたへそ曲がりの苦沙弥《くしゃみ》先生や、その先生に始終小言を言っている妻、法螺《ほら》ばかり吹いている友人の迷亭《めいてい》、秀才だけど風変わりな研究ばかりしている寒月《かんげつ》くん……」

「寒月は弟子の寺田《てらだ》寅彦《とらひこ》がモデルだっけ」

「寺田の方は認めていなかったけど、漱石は完全にそのつもりだったはず。お正月に前歯が欠けてしまって、代わりに餅菓子を引っかけていたのは本当に寺田のしていたことだそうだから」

好きだという娘の蘊蓄《うんちく》を聞いていると、もう一回読んでみるか、という気分になってきた。印象的なエピソードはいくつもあったし、決して楽しめなかったわけではない。

「苦沙弥先生のところに入った泥棒が、山芋の箱を盗んでいく話はよかったな」

「あれも実際起こったことを題材にしたみたい。夏目家には泥棒が何度も入っていたんですって。『永日小品』でも『泥棒』という題の作品を書いているから、きっと漱石にとって身近な存在だったんでしょうね」

俺はつい笑ってしまった。泥棒が身近な存在でもまったく嬉しくなかっただろう。

栞子は堰《せき》を切ったように活《い》き活《い》きと語っている。こんな娘の姿を見るのは久しぶりだった。

「楽屋落ちと言えばそれまでだけど、ああいう現実とリンクする可笑しさが『吾輩は猫である』の魅力の一つだと思う。『ホトトギス』で連載している頃、評論家の大町《おおまち》桂月《けいげつ》に漱石はジャムばかり舐《な》めていないで酒も飲め、道楽や旅行や社交もしろと批判されたことがあって。下戸の苦沙弥先生が突然酒を飲み出して、妻と口論するくだりを書いて反論してるの」

「なに苦しくつても是から少し稽古するんだ。大町桂月が飲めと云つた」

「桂月つて何です」さすがの桂月も細君に逢つては一文の價値もない。

「桂月は現今一流の批評家だ。夫《それ》が飲めと云《い》ふのだからいゝに極つて居るさ」

「馬鹿を仰しやい。桂月だつて、梅月だつて、苦しい思をして酒を飲めなんて、餘《よ》計《けい》な事ですわ」

膝の上にある本を開きもせずに、栞子は笑顔ですらすらと暗唱する。夫婦の掛け合いの面白さよりも、娘の並外れた記憶力に舌を巻いた。

「……本当に詳しいな」

しみじみとつぶやいた途端、奇妙な感覚に襲われた。遠い昔にも同じようなことを誰かに言った気がする。

「わたしなんか、全然詳しくない」

急に真顔になった娘の返事にすら既視感があった。

「大したことを知っているわけではないし……あの作品にもっと詳しくて、もっと上手に語れる人は大勢いるはず……魅力だけではなくて欠点も、時代的な限界も含めて」

ふと、こういうことを俺に言うとしたら智恵子ぐらいだと思い至った。飽くことのない、底無しの知識欲に突き動かされた人間以外は口にしそうにない。

そして、同じような考え方をする者が二人だけとも限らなかった。きっと栞子の後や智恵子の前にも、篠川家の外にも無数にいるに違いない。彼ら彼女らが切歯《せっし》しながら、同時に目を輝かせながら本のページをめくる姿が目に浮かぶようだった。

「十分、魅力を語れていると思うよ。お父さんも読み返したくなったから」

俺の賛辞はあまり深く響いたように見えなかった。それでも『吾輩は猫である』について、栞子はさらに話を続けた。

「この小説には確かに筋らしい筋はないけれど、それでも物語の大きな流れや切実なテーマはちゃんとあって……漱石のような知識人たちを猫の視点から突き放したユーモアで描きながら、実業家たちのようにうまく世渡りできない憂鬱も炙《あぶ》り出《だ》している……『道草』にも通じるテーマがあると思う」

後半は自分自身に語りかけているようだった。そういえば、苦沙弥たちを客観的に眺めていた名無しの猫は、ビールに酔った挙げ句溺れ死んでしまう。猫を退場させた後、人間自身の視点で改めて書いた物語が『道草』と言えるのかもしれない。

扇ガ谷の緩やかな坂を上った突き当たりに兼井家の屋敷があった。

駐車スペースに車を停めて門越しに覗きこむと、広い芝生の向こうに大きな古い洋館があった。シックな黒い板張りの壁に白い大きな格子窓、三角形と多角形を組み合わせた屋根の鋭角なラインが美しい。

洋館から伸びた短い渡り廊下は、隣にあるやや小ぶりな建物に続いている。白い箱を組み合わせたような、モダンだが平凡な一戸建てだ。二つ並んでいると相当な違和感がある。

インターホンで来意を告げると、遠隔操作で鉄の門が開いた。来るように言われたのは新しい方の建物だ。アプローチを歩いていくと、玄関ポーチに立っている兼井花子が見えた。今日の着物はいくらか地味な青い縞柄《しまがら》だ。遠くからでも尖った鼻が目立っている。

ふと、俺は『吾輩は猫である』に登場する金田一家を思い出した。大きな洋館に住む裕福な実業家とその家族で、苦沙弥たちとは敵対関係にある。金田の妻の名前は出てこないが、鼻が大きいせいで猫に「鼻子」という酷《ひど》いあだ名をつけられている。

彼女は探偵を雇って、苦沙弥たちの身辺を探らせるのだ。今の状況にどことなく通じるものがあった。

「入ってちょうだい」

俺と栞子の挨拶もろくに聞かず、花子は先に立って玄関へ入った。天井の高い玄関ホールには、よく分からないブロンズ像や大きな壷《つぼ》が雑然と飾られている。木の香りが漂ってくるような新築の邸宅だ。右手には隣の屋敷への渡り廊下が見えた。

「兼井さんはこちらにお住まいなんですか」

「ええ。隣の本館には娘一家が住んでいます。高いお金を出して買い取って、あちこち修繕しましたけど、住みづらいったらありゃしなかった。すきま風は酷いし段差も多いし、何より古い本だらけで……年寄りの住む家じゃないって主人を説得して、やっとのことでこの離れを建ててもらったんです。あっちで主人を療養させていたらと思うとぞっとしますよ」

俺たちが靴を脱いでいる間も、頭上から洋館への怨嗟《えんさ》が降ってくる。もともと兼井は「本の博物館」を作る目的で屋敷を買ったという話だった。人間が住むことまで想定していなかったのだろう。

廊下に上がった時、小さな鳴き声が聞こえた。廊下に立つ花子の足元に、いつのまにか一匹の猫がいる。灰色と黄色の毛が混じり合ったごく普通の三毛猫で、甘えるように着物の裾に尻尾を絡めている。まだ若い猫のようだった。

「……猫ちゃん」

栞子がぼそっとつぶやいて、そろそろと手を伸ばそうとする。見ず知らずの人間を警戒したのか、飼い主からするりと離れて渡り廊下へ駆けていってしまった。肩を落とした栞子が無言でそちらを見ている。実はこの娘は猫好きだ。文香が動物アレルギーなので、残念ながらうちでは飼えないが。

「こちらですよ」

猫の方には終始目もくれなかった花子が、渡り廊下とは反対側へ歩き出した。

俺たちが通されたのは一階にある南向きの広い部屋だった。少なく見積もっても二十畳はあるだろう。リビングと言われても納得できるほどだが、あるいは本来リビングとして使われるはずだったのかもしれない。壁には大きなマントルピースが設《しつら》えてあり、天井からは時代がかったシャンデリアが下がっていた。

カーテンのかかった窓際には介護用のリクライニングベッドが置かれ、黒いガウンを羽織った老人が半身を起こしていた。

「久しぶりだな」

昔とは似ても似つかない、力のない声に言葉を失った。兼井健蔵は別人のように痩せ衰え、骨の形が分かるほど肩の肉が落ちている。つややかだった黒髪も真っ白になり、地肌もはっきり見えていた。かさついた肌は奇妙に黄色い。

「大変ご無沙汰しています」

俺は頭を下げた。

「こっちから相談に行くつもりだったが、見ての通り調子が悪くってな。生まれてこの方、医者とは縁がない人生だったのに、ここへ来て……」

「お酒を召し上がりすぎたんでしょう。元々ひどい下戸だったのに、強がって飲み続けたツケが来たんです」

ベッドのそばに控えている花子が口を挟む。兼井が顔をしかめた。

「お前はなにも分かっちゃいない。男が世間で人並みに仕事をしようと思ったら、酒ぐらい飲むのが当たり前なんだ。勧められて飲めないなんて言ってられるか」

昔と違って反論に力がない。聞き取りにくい、かすれた声だった。

「だからってうちでも外でも毎日飲むのはどうかしていましたよ。かえって人より飲む羽目になって、そんな風に体を壊すことになったんです。馬鹿馬鹿しい」

花子はぴしゃりと言った。苦しい思いをして酒を飲めなんて余計なお世話だ、と『吾輩は猫である』の登場人物なら付け加えそうだった。

「今、養生しないと治るものも治りませんよ」

俺たちにはもう長くないと言っていたが、本人には余命を告げていないらしい。しかし、兼井は苦笑で聞き流している。人生の終わりを悟っている人の顔だった。亡くなる直前の俺の親父と同じだ。

「そっちのお嬢さんは、あんたの娘さんか」

兼井は俺の隣にいる、白いセーラー服の栞子を見た。意外に優しい目つきをしている。

「ええ……うちの仕事を手伝わせていまして」

栞子は無言で頭を下げる。年端も行かない娘を連れてきた理由を、他に説明のしようがなかった。

「そうかそうか。益世《ますよ》……うちの孫娘より年上だ。いずれ益世もこんな風に制服を着る年になるだろうな……まだ小学生だから、ずいぶん先の話だが」

孫娘の成長した姿を栞子に重ねている様子だった。不意に咳《せ》きこんだ兼井の背中を花子がさする。あまり長い時間、話をしない方がよさそうだ。

「鎌倉文庫の件でお話があると、奥さんから伺いましたが」

本題を切り出すと、兼井はじろりと俺を睨《ね》めつける。

「その前に一つ文句を言わせてくれ。三十年前、ビブリア古書堂へ行ってから、このあたりの古本屋が俺に本を売りたがらなくなった。鎌倉文庫の本も手に入らずじまいだ……あれは、あんたのところが手を回したんだろう」

当時手を回したのは俺から報告を受けた親父で、鎌倉文庫を別の誰かに売るよう計らったのは智恵子だが、その原因を作った一人は俺だ。とはいえ、こちらにも言い分がある。

「集めた古書を燃やす、とおっしゃったので」

あの時「冗談ですよね」と俺は念を押している。ただの悪ふざけでは通らない。

「やっぱり、冗談だったんですか」

「いや、あの時は本気だった。でなければ言うものか」

平然と兼井は答えた。

「読書に興味がないと俺を見下していた古本屋どもにも腹が立っていた。連中にだってろくに本を読まない、飯の種にしているだけの奴は大勢いるじゃないか……あんたたちはどうだ。本は好きなのか？」

「はい！」

俺よりも早く栞子が即答する。途端に兼井が相好を崩した。孫の元気な返事を喜ぶ祖父の顔つきだった。ここへ栞子を連れてきていいか迷ったが、むしろそのおかげで場が和んでいる。

「結局、これという本は集まらなかった。博物館を作るのはもう難しいだろうが、どうしてもやってほしいことがあってな」

兼井はサイドテーブルから一冊の本を取り上げた。パラフィン紙越しでもはっきり状態のいい表紙カバーは見て取れる。『吾輩ハ猫デアル』の上編だった。

「俺の誕生日は七夕の日だ。今年は家族からこれをプレゼントにもらった」

俺は首をひねった。今年の七夕は次の日曜だ。まだ数日ある。

「家族からもらったって、あなたが本館で勝手に見つけたんじゃありませんか。誕生日はまだなのに……包装もしていなかったんですよ」

花子が不満顔で口を挟んだ。

「だからお前は馬鹿だと言うんだ。包装なんか知ったことか。書庫の目立つところに放っておいたお前が悪い」

「あなたみたいな勝手な人に馬鹿呼ばわりされる筋合いはありません」

二人とも口調は刺々しかったが、口論の中身は妙に微笑ましかった。誕生日プレゼントをいつ受け取るかで揉《も》めているだけなのだ。

「……その初版本、拝見してもいいでしょうか」

いつのまにか栞子がベッドににじり寄っている。兼井はあっさり手渡した。

「大事に扱いなさい」

「もちろんです。ありがとうございます！　本当にすごい美本なんですね」

満面の笑顔で古書をめくり始める。この娘なら下手な扱いはしないだろう。

「その本はあの時、俺が買おうとしていた鎌倉文庫の一冊だろう、違うか」

兼井が尋ねてくる。俺は慎重にうなずいた。

「……おそらくは」

「ということは、そいつをインターネットのオークションとやらに出した人間が、今の持ち主ってことになるな」

「そうとは言い切れませんが……可能性はありますね」

「その持ち主を捜し出して、珍しい古本を売ってもらえるよう交渉してほしい。全部とは言わん。何冊かでいい」

俺はしばし考えこんだ。

「『吾輩ハ猫デアル』、初版本の中編と下編ということですか」

「そのへんはよく分からん。あんたが見繕ってくれ……持っていれば財産になるような、初版本ってやつならどれでもいい」

今一つ要領を得ない依頼だったが、ここに上編があるのだから中編と下編を買い求めるのが無難だろう。一番の懸念はその理由だった。

「どうして古書をお求めなんですか」

「もう焼くつもりはないし、本を傷つけるようなことはせん。そこは心配するな」

俺の懸念を兼井は先回りした。

「この場では言えんが、別のことに使う……もし交渉がうまく行ったら、この屋敷にある本の処分をあんたの店に任せてもいい。もちろん俺の死んだ後だがな。信じられないなら一筆書いてもいい」

俺は息を呑んだ。この人物は金にあかせて大量の古書を買い集めてきた。当然、大きな利益の出る買い取りになるだろう。古書が燃やされる心配をする必要もなくなる。俺にとって断る理由はなかった。

「……とりあえず交渉しますが、売ってもらえるかどうかはあちら次第ですよ」

「それで構わん」

兼井がうなずいたところで、ふと根本的な疑問が浮かぶ。俺は花子の方を向いた。

「インターネットのオークションで奥さんが支払いをされたんですよね。出品者を捜さなくても、直接連絡が取れるんじゃないんですか」

兼井の妻は渋い顔を作った。

「誰が出品したかなんて知りませんよ。第一、わたしにインターネットなんて分かるわけがないでしょう」

「え？」

俺は目を丸くする。

「それなら、どうやって落札したんですか」

「珍しい古本がオークションに出てるって、電話をくれた古本屋がいたんです。その人に落札してもらいました」

「どこの古書店ですか？」

花子は夫の顔を見た。

「……どこだったかしら」

「馬鹿だな。忘れる奴があるか。あそこの店は……まめに目録を送ってくるから、時々買ってやってるんだ。変な名前の古本屋で……」

妻を馬鹿呼ばわりしたわりに、兼井もすぐには思い出せない様子だった。やがて軽く手を打った。

「そうだ。もぐら堂だ」

俺は声を上げそうになった。

「藤沢の長後にある店らしいが……あんたは知ってるか？」

「……ええ。同じ組合ですから」

　平静を装って答える。戸山清和は体調を崩しがちのようで、最近は古書会館でもほとんど姿を見かけない。しかし、もぐら堂が代替わりしたという話は聞かなかった。得意客相手の目録販売は今も清和本人がやっているはずだ。

　三十年近く前、兼井の手に貴重な古書が渡らないよう尽力した人が、どうして今は兼井を顧客にして、鎌倉文庫の貸出本を売っているのか――。

「どういうわけか知らんが、もぐら堂は出品者の素性を言いたがらなくてな。あんたにだったら、同業者のよしみでなにか話すかもしれん。まずは会ってみてくれるか」

　なにか事情があったに違いない。とにかく、戸山に会って事情を尋ねてみよう。今日、これからもぐら堂まで行ってみるか。

「分かりました」

　うなずいた俺は栞子を振り返った。まだ『吾輩ハ猫デアル』の上編を手にしている。今は表紙カバーに目を近づけている。

「栞子……」

　そろそろ、と言いかけた時、

「一つお訊きしてもいいですか」

娘が広い部屋に声を響かせる。

「なんだい」

目尻を下げて兼井が応じる。

「このパラフィン紙のカバー、どなたがお作りになったんですか？」

兼井夫婦は戸惑い気味に俺に視線を送る。父親の俺も意味が分からないが、とにかく訊くことにした。

「パラフィンがどうかしたの」

「すごくきれいに折ってあるから、よほど器用な方が作ったのかなって……」

確かにこの上編は真新しいパラフィン紙でぴったり覆われていて、皺《しわ》やよれも一切なかった。この薄い紙でカバーを作るのは意外にコツが要るはずなのに——しかし、この場でわざわざ尋ねるようなことには思えなかった。

「うちに来た時から、この状態じゃないのか？」

兼井が妻に問いかけると、うんざりしたように彼女もうなずいた。

「そうでしたよ。こんなものが一体なんだっていうんです」

「すみません。少し気になってしまって……ありがとうございました」

栞子はベッドの上の兼井に『吾輩ハ猫デアル』の上編を返した。とにかく、この屋敷から出よう。俺は腕時計を見た。文香は留守番しているが、たまたま遊びに来ていた姪に一緒にいてもらっている。長後のもぐら堂に行く時間はあるかもしれない。

「栞子？」

俺は小声で呼びかける。栞子はうつむき加減で、口元にこぶしを当てて深く考えこんでいた。眼鏡のレンズを通して、黒目がちの瞳がなにもない空間を食い入るように見つめている。こんな娘を見るのは初めてだ。少し不安になってきて、もう一度声をかけようとした。

「あのっ！」

兼井夫婦に向かって、栞子は上ずった声で言った。

「本館の書庫を、ぜひ見せていただけませんか？」

「は？」

その場にいた者の中で、一番驚いたのは俺かもしれなかった。

俺と栞子は仏頂面の兼井花子に本館を案内されている。

足元の古い床板がかすかな音を立てている。格子窓の向こうに見える青々とした芝生が美しい。栞子は大きな目を瞠って、興味津々に館内を見回している。

さっきは俺も――おそらく兼井花子も書庫の見学など断るつもりだったが、終始栞子に好意的だった兼井が一足先に許可を出してしまったのだ。

ただ、部屋を出てから俺も考え直した。いくら本のこととはいえ、普段は内気な栞子がこんな厚かましさを発揮したことに違和感がある。なにか意味があるのかもしれない。

「ここです」

立ち止まったのは外壁と同じ色の黒いドアの前だった。

「他にも書庫はあるんですか？」

と、栞子が言った。

「空き部屋やガレージにも箱に入ったままの本が積み上がってますけど、書庫と名のつく部屋はここだけですよ。一つあるだけでもうんざり」

忌々しげに鍵を取り出すと、鍵穴に差し込んで回した。

「早く済ませてちょうだい。主人がいいと言ったから仕方ありませんが、人に見せるような場所じゃないんです」

ドアレバーを下げてドアを開けた。古書店の人間にはなじみのある、古い紙の匂いが漂ってくる。四方の壁に造り付けの書架があり、大量の本が収まっていた。平凡社の『世界大百科事典』や岩波書店の『日本古典文学大系』があったかと思うと、すぐ隣には国書刊行会の『世界幻想文学大系』があり、その下に朝雲新聞社の『戦史叢《そう》書《しょ》』がずらりと並んでいる。漱石や鷗外《おうがい》、荷風や鏡花といった近代文学の個人全集も目立つが、上下の棚には司馬《しば》遼《りょう》太《た》郎《ろう》や源氏《げんじ》鶏太《けいた》の全集もある。

脈絡も分類も関係なく、全集や叢書や大系という書名を持つ古書をとりあえず押しこんだ印象だった。陽当たりのいい窓のそばには大きなデスクがあり、パソコンの本体とモニターも置かれている。背の高い肘掛け椅子がこちらを向くと、中肉中背の男が座っていた。黒い長袖のTシャツに色あせたジーンズ。人の好さそうな童顔だが、目尻や口元の皺はそれなりの年齢を感じさせる。三十代の後半というところか。

パソコンで仕事でもしているのかと思ったら、モニターの中では中国の武将らしいキャラクターたちが馬に乗ったまま会話している。デスクには『三國志Ⅷ』と印刷されたゲームのケースが見えた。パソコン用のゲームで遊んでいるだけらしかった。

「お義母さん、どうなさったんですか……ああ、こんにちは」

俺たちに気付くと、立ち上がって挨拶してくる。

「兼井弘志《ひろし》です。初めまして」

どうやら娘の夫らしい。俺は頭を下げた。

「ビブリア古書堂の篠川といいます……この子はうちの娘です」

栞子も丁寧にお辞儀した後、書庫の中を見回し始める。

「弘志さん、仕事はどうしたの」

と、花子が尋ねた。確かに今日は平日だ。

「代休ですよ。先々週の日曜、出勤した分の休みがやっと取れたんです……なので、だらだらしていました」

照れ笑いを浮かべてから、俺たちの方を向く。

「古本屋さんってことは、お義父《とう》さんのご用でいらしたんですか」

ええ、と俺はうなずく。

その時、半開きになったドアから、さっきも見かけた三毛猫が書庫に入ってきた。椅子を踏み台にしてデスクに上がると、モニターの横にある陽だまりで丸くなった。猫にとっては大事な場所のようだ。

「また勝手に来たのか……もうここへは入れないようにしているのに」

弘志が腕を伸ばして抱き上げると、昼寝を邪魔された猫は床に飛び降りる。そして、不満げに一声鳴いた。

「そういえば、お義母さん。この前はすみませんでしたね。あの『吾輩ハ猫デアル』

のこと」

弘志は突然義母に謝った。床にいる猫を目で追っていた栞子も顔を上げる。

「なんのお話ですか」

と、俺が尋ねる。

「いや、一昨日の日曜、お義父さんと離れで喋っていたら、急に久しぶりに本館の書庫に行きたいって言い出したんです。ぼくが支えてここまで来たんですけどね、このデスクに置いてあった誕生日プレゼントをお義父さんが見つけちゃって……これはなんだって大騒ぎになったんです」

「あんなの、大したことじゃありませんよ。どうせ主人にあげるものだったんですから。あの人にも言われましたけど、隠しておかなかったわたしが悪いんです」

「いやいや、最初に本を見かけた時、お義母さんに訊けばよかったんです。うっかりしてました」

刺々しい言動の目立つ花子だが、娘婿との仲は悪くないようだ。自分が悪いと言い合う二人のやりとりが続いている間、栞子はしゃがみこんで猫に手を伸ばしていた。今度は猫も逃げなかった。

「『吾輩ハ猫デアル』のことで、なにか妙なことはありませんでしたか？」

猫の頭を軽く撫でながら、栞子が弘志を見上げた。それこそ奇妙な質問だったが、人の好さそうな彼は真顔で考えこむ。すぐになにか思い出した様子だった。

「そういえば、ひとりでにカバーがかかってたな。なんだったんだろう、あれ」

「カバーというのは？」

栞子は聞き返す。

「先週の日曜なんですけど、ここのパソコンでゲームをやった後、うっかり鍵を閉め忘れたんです。そうしたら、こいつが勝手にドアを開けてこの書庫へ入っちゃって」

「猫がドアを開けるんですか」

つい話の腰を折ってしまった。猫を飼ったことがないので想像がつかない。

「ああ、レバーに飛びついて開けるんですよ……とにかく、気が付いた時はデスクに上がってて、置いてあった本にちょっと傷をつけちゃったんです」

俺も栞子も絶句した。貴重な夏目家の元蔵書で、きわめて良好な状態の初版本に傷が——すると、慌てた様子で弘志は両手を振った。

「いや、傷って言っても、外側の半透明のカバー……パラフィン紙っていうんですか、あれが破れただけです。幸い中の本は無事でした」

俺は胸をなで下ろした。確かにさっき『吾輩ハ猫デアル』の上編を見た限りでは、どこにも傷らしい傷はなかった。

「破れたパラフィン紙がかかってるのもみっともなかったので、そっちははがして捨てて、本だけデスクに置いておいたんです。でも、一昨日お義父さんとここに入って、あの本を見た時には真新しいパラフィン紙がかかってたんですよね……後から考えると、おかしいなあって」

そういえば、昨日オークションサイトに掲載されていた『吾輩ハ猫デアル』の画像では、パラフィン紙のカバーは少し変色していた気がする。

「お義母さん、かけ直してないですよね？」

「さあ……知らないわね」

「じゃあ、仁美かな」

仁美というのは兼井と花子の娘——弘志の妻の名前らしい。そこへ半開きのドアが開いて、背の高い痩せた女が部屋に入ってきた。弘志より少し年下ぐらい、母親ほど鼻は日立たないが、顔立ちは昔の彼女によく似ていた。

着ているのは白いブラウスと七分丈の黒いパンツ。デザインがシンプルな分、かえって生地の良さが際立っている。どう見ても自宅で過ごす服装なのに、きちんと髪はセットされていて、大きな宝石のついた指輪とペンダントを身に着けていた。

「ねえ、こっちに猫、来てない？」

俺たちに気付いている様子だが、不快げに視線を向けたきり挨拶もしない。

「あ、仁美。ちょうど良かった」

と、弘志が言った。まさにこの人物が兼井仁美なのだ。

「ここにあった本……ほら、お義父さんの誕生日プレゼントの『吾輩ハ猫デアル』、君がパラフィン紙のカバーをかけ直したの？　前に見た時は破れてたから、ぼくが捨てたんだけど」

見間違いかもしれないが、仁美が軽く肩を震わせた気がした。それから、栞子に頭を撫でられている猫に近づくと、ひょいと床から抱き上げた。驚愕したように栞子が猫を目で追った。

「……わたしがカバーをかけたけど、それがなにか」

冷ややかな声で言った。弘志が笑顔で首を振る。

「いや、別に……でも、うちにパラフィン紙なんてあったっけ」

「捜したら出てきたわよ。一枚だけ」

弘志に抱き上げられた時とは違って、猫は大人しく仁美にしがみついていた。とりあえず猫には懐かれている。

俺は首をかしげていた。古書の色あせを防ぐための半透明の紙は、古書業界でも慣例的にパラフィン紙と呼ばれることは多いが、正確にはグラシン紙という特殊なものだ。古書店ならともかく、一般家庭ではあまり見かけない。古書が大量にある兼井家は一般家庭と呼べないにしても、一枚だけ都合よくそんなものが見つかるだろうか。

仁美の妙な反応も含めて引っかかる――ただ、わざわざ嘘をつくような話にも思えなかった。

「……この書庫、普段あまり使われていないんですね」

猫を取り上げられた栞子が、少し沈んだ声で弘志に尋ねる。

「ええ。誰も本は読みませんから。ぼくが休日にここのパソコンでゲームするぐらいで、みんな滅多に入りませんね」

その言葉に仁美が反応し、パソコンのモニターを険しい目で睨む。

「あなた、またこんなところでゲームなんかやって……せっかくの休みなのに、他にすることないの」

「せっかくの休みだからゲームがしたいんだ。他にしたいことはない」

弘志が堂々と胸を張る。

「益世がゲーム機を欲しがるから、ゲームはやらないでって言ってるでしょう」

「だからここで遊んでるんだよ。ここなら益世にも見つかりにくいだろう。普段は鍵がかかってるし、鍵を持っているのはこの家の大人だけだし……そもそもね、益世はそこまでゲームに関心なさそうだよ。ぼくとは違って」

はあ、と大袈裟に仁美がため息をついた。彼女の両親とは別の意味で相性の悪そうな夫婦だが、弘志の方は妻の刺々しい物言いを笑顔で受け流している。まるで気に留めていないようだ。

「書庫の見学は終わりでいいかしら」

娘夫婦の不穏な会話を断ち切るように、兼井花子が渋い顔で栞子に告げた。

「あまり興味もなさそうだったわね」

そういえば、蔵書よりは猫に気を取られていた様子だった。パラフィン紙のカバーにはこだわっていたが、結局なにが知りたかったのか俺には分からない。

年長者の鋭い視線にも、栞子はひるまなかった。

「いいえ。そんなことはありません」

静かに首を振って、よく通る声で答えた。

「とても参考になりました……ありがとうございます」

口元に柔らかな微笑をたたえて、栞子は深々と頭を下げた。

戸山清和とは長い付き合いになるが、もぐら堂へ行くのは鎌倉文庫の一件以来だった。長後駅の近くにある駐車場に車を停めて、俺と栞子は歩いて店に向かった。

晴れていれば西日が射《さ》すはずの時間だが、商店街を歩いている人はまばらだ。

ここへ来る道中、俺たちは兼井邸で見聞きしたことについてあまり話をしなかった。栞子がパラフィン紙のカバーにこだわったのは、真新しいものに取り替えられていることに気付いたからだろう。あの書庫でなにを確かめようとしたのか、なにか分かったことがあるのか、一応尋ねてみたものの、「まだ確信が持てないから」と言葉を濁されてしまった。

商店街の外れに建つもぐら堂のたたずまいは、三十年近く経ってもほとんど変わっていない。ただ、二階建ての古びた店舗の裏手には、同じぐらいの大きさの倉庫があった。そういえばあの時、清和はいずれ物置きを建てるつもりだと言っていた。

「ごめんください」

ガラス戸を開けて中に入ると、Tシャツ姿の店員が踏み台の上で振り返った。書架の高いところにある古書を入れ替えていたらしい。がっしりとした体つきで、太い眉は間違いなく父親譲りだ。名前は戸山吉信《よしのぶ》――店主の清和の息子だった。

「ビブリアさん……どうしたんですか」

吉信は目を丸くした。最近は父親の代わりに古書会館へよく来るので、俺と話す機会も増えていた。市場の日には一緒に昼食を取ったり、喫茶店へ出かけることもあった。

「ちょっと用があって。お父さん、いるかな」

「いますよ」

踏み台から下りた吉信は、カウンターに向かった。以前俺がここへ来た時、吉信はまだ三歳にもなっていなかったらしい。とっくに成人した今は結婚もしていて、一九七三年の父親の年齢に近づいている。

「親父、ビブリア古書堂の篠川さんが」

レジの奥に座っていた年配の男が顔を上げた。まだ昔の面影を保っているが、昔に比べると体も顔も細くなっている。背中も少し丸くなった気がした。

「登くんか……久しぶり」

老眼鏡を外しながら、戸山清和は億劫《おっくう》そうに立ち上がる。俺の後ろにいる栞子に気付くと、驚いたように立ちすくんだ。あの頃の智恵子を知っている者は、栞子の前では皆同じ顔をする。

「娘の栞子です」

俺が紹介すると、栞子も頭を下げた。

「話があって来ました……『吾輩ハ猫デアル』の上編の件で」

押し殺した声で告げる。清和は踏み台に戻った息子に目を向けた。

「吉信、しばらく二階にいる」

分かった、と吉信が高い場所から答える。

「……上で話そう」

俺たちにそう言って、清和は店の奥にある階段へ歩いていった。


昔は倉庫として使われていた二階の和室は、今は事務所兼休憩所になっているようだ。階段を上がってすぐの壁際に事務机やキャビネットがあり、反対側の窓際に丸い座卓が置かれていた。

清和は俺たちを座卓の回りに座らせてから、階段まで戻ってきちんと襖《ふすま》を閉めた。下にいる息子に聞かれたくないようだ。

最初は軽い世間話から始めた。俺たちには共通の知り合いも多いし、抱えている悩みの種も同じようなものだ。互いの家族のこともよく知っている。ちなみにこの三十年近く、各地を転々としていた清和の兄の利平は、最近やっと藤沢に戻ってきたそうだ。七十を超えているそうだが、今もかくしゃくとしているらしい。

「今日、兼井健蔵に呼ばれて会ってきました」

出された麦茶を半分ほど飲んだ頃、俺はようやく本題に入った。

「兼井のために『吾輩ハ猫デアル』を落札したそうですね。インターネットのオークションで」

清和は困ったように太い眉をかいた。

「あれはご家族のために落札したんだ。兼井のためじゃない」

「兼井の誕生日プレゼントになったんですから、同じことじゃないですか……どうして兼井に古書を売っているんですか」

「買ってくれるから、売っているだけだ。売った本が燃やされるなんて、馬鹿なことにはならないだろうと思ったしな。君だってもうそこまでの危険性はないと踏んで、兼井の頼みを聞いたんだろう？　大方、ここへは『吾輩ハ猫デアル』の上編を誰が出品したのか探りに来たんじゃないのか」

一瞬、俺は黙りこむ。そのために来たのは確かだったが、もう一つ気になっていることがあった。

「どうして兼井に目録を送るようになったんですか？」

三十年近く前、戸山清和と兼井健蔵に直接の接点はなかった。間に立っていた久我山書房は、むしろ清和の存在を兼井に知られまいとしていた。兼井が鎌倉文庫の貸出本を持っていた清和と直接交渉されては困るからだ。清和の側も得体の知れない兼井と接触する理由などなかったはずだ。

個人的な知り合いでもなく、まして常連客でもなかった兼井にこの店主がわざわざ目録を送り始めたきっかけが謎だった。

「……答えられないな。それに、嘘をつきたくない」

清和はそう言って、自分の麦茶に口を付ける。兼井に危険性はないと言いつつ、隠さなければならない理由がどこにあるのだろう。

「例の出品者、誰なのかご存じですよね」

「住所と名前は知っているよ」

はぐらかすような答えに、俺はかすかな苛立ちを覚えた。

「昔、鎌倉文庫の貸出本を売った相手と同一人物ですか」

初めて清和は答えに詰まった。ちらりと彼は栞子を見る。鎌倉文庫の件に無関係な栞子の前でどこまで話していいか迷っている様子だった。

「この子には俺が知っている限りの事情を話してあります……出品者が誰なのか、教えてもらえませんか」

いつのまにか部屋の中が暗くなっている。曇り空のまま、日が暮れようとしているのだ。腕を組んで考えこんでいた清和は、ふと立ち上がって明かりを点けた。まばゆい光に俺は目を閉じてしまう。

「結局のところ、君は智恵子さんとその出品者が繫がっていると期待しているんだろう。だから、熱心に出品者を探ろうとしている」

暗闇の向こうから清和の声が聞こえてくる。完全に図星だった。確かに今回の件で俺はずっと智恵子の存在を意識していた。彼女が姿を消すことは覚悟していたが、行方が分からないままでいいとは思っていない。復縁を望んでいるのとも違う。なんの手がかりもなく、宙ぶらりんなまま時間だけが過ぎていく状態に不満なだけだ。

「だとしたらお門違いだよ。今回の『吾輩ハ猫デアル』の件に彼女はまったく関わっていないし、出品者とも無関係だ」

俺はゆっくり目を開けた。嘘をつきたくない清和が、こんな大事なことで俺を騙すとは思えなかった。しかし、だとしたら出品者は一体誰だというのか——なおも質問を重ねようとした時、ずっと無言だった栞子が口を開いた。

「『吾輩ハ猫デアル』の上編を落札した後、荷物はすぐにこちらに届いたんですか」

娘の顔をしげしげと見てしまった。突然、何を言い出したんだろう。

「……ああ。二、三日で届いた。すぐに兼井さんのお宅へ送ったよ」

大したことを答えていないのに、清和の声には妙に張りつめたものがあった。

「そうですか」

一瞬、栞子は目を閉じてから、清和に向かって丁寧に頭を下げた。

「ありがとうございます……すべて分かりました」

「なにが分かったの」

俺が聞き返すと、栞子は指を一本ずつ立てながら答えた。

「オークションの出品者が誰だったのか、『吾輩ハ猫デアル』の上編をめぐって、本当はなにが起こったのか……そして、鎌倉文庫の貸出本がどこへ行ったのか……すべて」

思わず耳を疑う。とても信じられなかった。今回の件で栞子は俺と同じものしか見聞きしていない。今、この子が言ったことの手がかりなど、俺にはまったく思い当たらなかった。

「そうか、君は智恵子さんの娘だったな」

俺たちがここへ来てから初めて、清和の唇に柔らかい笑みが浮かんだ。

「それならなにも不思議はない……君に任せよう」

彼は畳の上に座り直すと、セーラー服姿の栞子に白髪頭を下げた。

「あの人も苦しい立場なんだ。まずは話を聞いてやってくれ」

栞子も面を改めて、正座した膝を店主の方に向けた。彼女の目は俺の知っている内気な娘とも、若い頃の智恵子とも違っている。温みがありながら強い意志のこもった瞳。胸の奥底にあるスイッチが入って、これまで眠っていたもう一人の篠川栞子が目覚めたかのようだった。

「分かりました……できることがあるか分かりませんが、おっしゃる通りにします」

と、栞子は言った。


翌日の午後、俺と栞子は再び兼井家の屋敷前に来ていた。駐車スペースに車を停め、インターホンで来意を告げる。ハウスキーパーが門を開けてくれた。

今日話をするのは娘だが、アポイントを取ったのは親の俺だった。

白いセーラー服を着た栞子は、離れではなく洋館へと向かった。玄関で出迎えてくれた若いハウスキーパーに、書庫で会う約束になっていると告げる。案内してもらった後、相手の名を挙げて呼んできてほしいと頼んだ。

　待つこと数分、書庫のドアが開く。

　現れたのはノースリーブの赤いワンピース姿で、ブランド物らしいバッグを提げた女だった。ネックレスと指輪だけではなく、宝石をきらめかせたイヤリングも身に着けている。間違いなく昨日よりさらに金のかかった装いだった。母親と同じか、あるいはそれ以上に着飾るのが好きなようだ。

「わたしになんの用？」

　兼井仁美は明らかに不機嫌だった。

「もう出かけるところなの」

「すみません。お話はすぐ済みます」

　緊張した面持ちだが、栞子の声ははっきりしていた。自分のバッグを開いて一冊の本を取り出す。岩波書店の新書版『漱石全集』の第一巻――「吾輩は猫である　上」。昨日、車の中で娘が手にしていた古書。

　函のない裸本をデスクに置き、その上に半透明の紙を一枚はらりと載せる。うちの店で使っている、古書を保護するためのパラフィン紙だ。

「この本に、この紙でカバーをかけていただけますか」

栞子がそう頼むと、仁美の頬がぴくりと震えた。

「……なんのために？」

「『吾輩ハ猫デアル』にパラフィン紙のカバーをおかけになったんですよね。とてもお上手だったので、ぜひここで実演していただきたくて」

「やらないわよ。時間がないの」

「それは『できない』ということでよろしいでしょうか？」

首をかしげて、澄んだ声で尋ねる。

「大した時間はかからないはずです。ぜひ、お願いします」

仁美の顎にぐっと力がこもった。必死に自分を抑えているのが伝わってくる。やがて、意を決したようにデスクに歩み寄った。パラフィン紙と古書を同時につかむ。そそれだけで薄い紙の表面が軽く波打った。さらに強く力を入れれば破れるはずだ。

「パラフィン紙のカバーを上手にかけるには、それなりに練習が必要です」

栞子の言葉が相手の出端をくじいた。

「初めての方はだいたい失敗します……仁美さんなら、そんなことはないでしょうね」

女の動きが止まる。デスクの前で本と紙を握りしめたまま突っ立っている。怒りなのか動揺なのか、むき出しの丸い肩が小刻みに震えていた。兼井仁美さんはパラフィン紙で本のカバーなど作ったことはないし、作れない――栞子が言っていた通りだった。

「……仁美さん」

娘は優しい声で呼びかける。

「本当はあなたが……」

そこへ高らかに足音が近づいてきて、書庫のドアが大きく開かれた。現れたのは背が高く、鼻の目立つ年配の女。今日は黒地に赤い朝顔が刺繍された和服を着ている。これまで見た中では一番地味な柄だった。

「あなたはわたしに用があったはずでしょう！」

兼井花子の金切り声が響き渡った。

「どうして娘と話しているのよ！」

「一つだけ確認したいことがあって……先に仁美さんからお話を伺っていました」

栞子は一瞬肩を震わせたが、それ以上動じた様子を見せなかった。

「もう結構です。ありがとうございました」

仁美に向かって頭を下げ、今度は花子と向かい合う。

昨日、俺がアポイントを取った兼井家の人間は仁美ではない。
兼井花子——彼女こそ、栞子が本当に話をしたい相手だった。

書庫へ来た花子が最初にやったことは、娘の仁美を退出させることだった。

「出かけるところだったんでしょう。早く行きなさい」

なにか言いたそうな娘を廊下へ押し出すようにして、書庫のドアを音高く閉めてしまう。足音が遠ざかるのを待ってから、俺たちの方を振り返った。

「それで、わたしになんの話があるのかしら」

正直、俺はまだ信じられなかった。昨日もぐら堂で栞子が「分かった」と言った内容と、目の前にいる年配の女が一体どう結びつくのか、まったく見当がつかない。

「どういうつもりか知りませんけど、手短に……」

「今日が何日の何曜日か、憶えていらっしゃいますか」

相手の言葉を遮るように栞子が質問した。花子の表情がさらに険しくなる。

「七月三日の水曜日でしょう。わたしを馬鹿にしているんですか」

「いいえ……ただの確認です」

また「確認」だ。言葉通りの意味には思えない。これから始まる話の前置きだろう。

「昨日、弘志さんは『一昨日の日曜』にここで真新しいパラフィン紙のカバーがかかった『吾輩ハ猫デアル』を見たとおっしゃっていました。六月三十日の日曜日、ということになります。そして『先週の日曜』、猫ちゃんが破いてしまったパラフィン紙を捨てたというお話でした……そちらは、六月二十三日の出来事です」

「そんな細かい日付が一体どうしたと言うんですか」

花子が吐き捨てるように言った。

「わたしも忙しいんです。そんな世間話に付き合っている暇は……」

「『吾輩ハ猫デアル』上編のオークションが終了したのは、六月二十四日……オークションが終わる前から、あの古書はここにあったことになります」

栞子の声が書庫に大きく響く。確かにオークションサイトを覗いた時、終了した日は六月二十四日と表示されていた。

「つまり、もともとこの屋敷にあった古書が、出品されたということです」

水を打ったように書庫が静まり返った。花子の様子はほとんど変わらなかったが、よく見ると両方の拳を固く握りしめている。動揺のサインはそれだけだった。

「おそらく実際に起こったことはこうです……この兼井家にあった『吾輩ハ猫デアル』の上編を、ご家族のどなたかが発見しました。その方はパラフィン紙のかかった古書を撮影し、画像を添えてインターネットのオークションに出品してしまう。

　そして、普段は人の入らないこの書庫に置いておいた……ところが、六月二十三日、猫ちゃんが勝手に入ってきてしまい……」

そこで本当にドアが開いて、あの灰色と黄色の三毛猫が姿を現した。弘志の言っていた通り、自力でドアを開けられるのだ。猫はデスクの天板に上ると、昨日と同じ場所で丸くなった。

「……パラフィン紙のカバーを破いてしまい、弘志さんがそのカバーを捨てる……その頃、もぐら堂の戸山清和さんからあなたに連絡が入ったんでしょう。『お宅にあるはずの稀覯本がオークションに出品されている』と」

花子は口をつぐんだまま答えなかった。否定もしないということは、大筋で間違えてはいないのだろう。

「もぐら堂さんはあなたの代わりに『吾輩ハ猫デアル』を六月二十四日に落札します。パラフィン紙のカバーがない状態のまま、古書はここからすぐに長後へ送られます……出品者がパラフィン紙が消えていることにどう思っていたのかは分かりません。気が付かなかったのか、大した問題はないと思ったのか……。

でも、古書店主である戸山さんは、稀覯本にはパラフィン紙のカバーが必要と思われたんでしょう。きちんとカバーをかけて、この屋敷へ送り返します。そして六月三十日、弘志さんと兼井健蔵さんが『吾輩ハ猫デアル』上編を見つけたんです」

パラフィン紙のカバーは突然現れたわけではない。一週間のうちに古書が屋敷の外へ出て、カバーをかけられて戻ってきただけだ。そのことを隠すために、さっきの女は自分がパラフィン紙をかけたことにするしかなかったのだ。

「あの上編が出品されていると分かった時点で、どうしてオークションを中止させなかったんですか」

俺は花子に尋ねる。彼女は観念したように深く息をついた。

「中止するには出品者本人が手続きする必要があるから……」

そこでしばし話が途切れる。代わりに栞子が続けた。

「……勝手にあの本を出品したのがどちらなのか、その時点は確信が持てなかった。時間の問題もあって、とにかく落札するしかなかった、ということですよね」

犯人候補が誰と誰だったのかもう分かりきっている。ここの鍵を持っている人間は四人だけだ。兼井健蔵、花子、弘志、仁美。インターネットとは無縁で重病の健蔵は真っ先に除外される。花子自身ももちろん違う。つまり娘夫婦のどちらかしかいない。

しかし、パラフィン紙の件を自分から報告した弘志でもありえない。

残っているのは娘の仁美だけだ。パラフィン紙の件で嘘をついた女。

「なんでもお見通しね。あなたのお母さんにそっくり」

栞子の顔に動揺が走る。やはり兼井花子は智恵子を知っているのだ。俺からも尋ねたいことはあったが、その前に彼女はぽつりぽつりと語り始めた。

「あの古書がもぐら堂から戻ってきてすぐ、仁美を問いただしたの。結婚前のあの子はわたしたち両親のお金が自由に使えた……でも、今はただの専業主婦でしかない。弘志さんは主人の作った会社の一つできちんと働いているけれど、経営者になるつもりはまったくない……中間管理職のポストで十分満足している人。贅沢《ぜいたく》に慣れすぎた仁美には十分な収入じゃなかった……それで、家中にあふれている古書を売りさばいて小遣いにしようとした」

書庫以外だけではなく屋敷中に積み上がっている古書はもともと邪魔だったことだろう。だからといって自分のものでもないものを勝手に売りさばいていいわけはないが。

「まずはためしに『道草』の縮刷版を出品したけれど、大したお金にはならなかった。もっと古いものを、と捜すうちに見つけたのが、あの『吾輩ハ猫デアル』の上編だった……娘は渋々謝ってきたわ。親の財産はいずれは自分のものだから、好きにしていいと内心は思っている……そんな俗物そのものの態度に嫌気が差したけれど、元はと言えばわたしたちの教育に問題があったせいでしょうね。

とにかく、古書はきちんと元の場所に戻す、売りさばこうとしたことは誰にも口外しない、代金はすべて返してもらう……そのことを呑みこませて、一応は丸く収めたつもりだった」

「それを、兼井健蔵さんが見つけてしまったんですね」

栞子が静かに言った。

「ええ。あの人への誕生日プレゼントにするために、もぐら堂に落札してもらったということにするしかなかった」

兼井は自宅に鎌倉文庫の貸出本――『吾輩ハ猫デアル』の初版本がもともとあったことを知らない。他の稀覯本も買えるかもしれないと、俺に「相談」を持ちかけたわけだ。

「……確認したいんですが」

俺は花子に言った。

「この屋敷には他にも鎌倉文庫の貸出本が眠っているんですよね……おそらく千冊はあるはずです」

「そういうことになるわ……長い年月、わたしは主人を欺き続けている」

「それは三十年近く、ということですか」

「……ええ」

鼻の目立つ顔が苦しげに歪んだ。あの時、智恵子の仲介で戸山清和から貸出本を買ったのは、この兼井花子だったわけだ。兼井健蔵は自分の妻が隠し持っているものを長年探し続けている――ただ、古い本にまるで興味を示していなかった彼女が、どういう経緯で智恵子から連絡を受けて大量の古書を買うことになったのか、俺には見当もつかなかった。

「わたしからも一つ質問させて」

花子は栞子の方に顔を向けた。

「どうしてわたしが貸出本の持ち主だと分かったの？　なるべく手がかりは与えないようにしていたつもりだった。最初のきっかけはなんだったの？」

「最初におかしいと思ったのは、一昨日ビブリア古書堂にいらした時です」

「そんなに早く……」

娘の答えに絶句したのは花子だけではない。あの時、彼女と会話していた俺もまったく不審に思っていなかった。

「あなたはインターネット・オークションに出品された『吾輩ハ猫デアル』の初版本を『上編』とはっきり呼んでいました」

栞子が歯切れよく説明する。

「でも、明治三十八年十月に発行された第一版には、どこにも『上編』という表記はないんです。当時、まだ『ホトトギス』誌上で連載は続いていました。どういう体裁で続きの本を出すのか、そもそも続きを単行本で出せるかどうかもはっきりしていなかったようです……とにかく、予備知識のない人があの一冊だけを見て、上中下の三冊セットだと判断するのは至難の業です。

実際、健蔵さんも弘志さんも『上編』とは一度も呼んでいません。オークションサイトでもまったく触れられていませんでしたから、仁美さんもご存じなかったでしょう……花子さんだけが別です。本当は古書に詳しい方なんじゃないかと思ったんです」

ふと、花子はまぶしそうに目を細めた。栞子よりも遠くを見ているようだった。

「……本当に、あの時の智恵子さんと同じことを言うのね」

「あの時って、いつのことですか？」

娘よりも早く俺が反応した。さっきからこの人は智恵子を知っている口ぶりだった。

「ああ、そういえばあなたもいたわね……三十年前、わたしたちがビブリア古書堂に行った時よ。車で待っていたわたしに智恵子さんが話しかけてきた」

俺は古い記憶を辿る——そうだった。店の中で兼井夫婦が口論になって、この人だけ車へ戻っていったのだ。そして俺と兼井が母屋で話す間、智恵子が店番をすることになった。おそらく花子と話してから、母屋に来て俺たちの話を立ち聞きしたのだろう。

「車の窓越しに彼女はこう言ってきた。『あなたは本当は古書に詳しいんじゃないですか』……」

「どうしてそう思ったのか、智恵子は言ってましたか」

「『道草』の袖珍本に古書価がつかないことをご存じだったから、って」

「あ……」

俺は声を上げた。言われてみれば花子は兼井に向かって、そんな本は二束三文、というようなことを叫んでいた気がする。それはその通りなのだが、古書を知らない者が見れば大正時代に出版された古い本でしかないはずだ。現に兼井健蔵は稀覯本と勘違いして大金を支払おうとしていた。

あの時も昨日も、花子の知識に俺はまったく気付かなかった。愛書家には男性が圧倒的に多いせいか、女性は古書に詳しくないという先入観があったのかもしれない。例外が身近に複数いるというのに。

「わたしは少女時代から本が好きで……古書を集めるのも好きだった」

花子は苦い表情で語り始めた。

「ずっと自分の容姿を嗤《わら》われていたせいもあるわね。本はわたしを嗤わなかった……文学青年たちの中にも、優しい人が多かった。外見ではなく内面、人格や知性を評価してくれる……そんな期待もあって、十代の頃は大学生の文学研究サークルにも参加していた。そのうちの一人とお付き合いもしていて……本当に充実した日々だった。

ある時開かれた会合で、漱石の『吾輩は猫である』を取り上げたことがあった。大好きな作品だったから、わたしは積極的に発言して、とても楽しい時間を過ごしたわ。門限が早かったわたしは早く帰ることになったけれど、途中で忘れ物をしたことに気付いて、慌てて会場に戻ったの。すると、ドアの向こうからどっと笑い声が起こった……『鼻子が鼻子を熱く語ってやがった』って。わたしの恋人の声だった。

彼らがずっとわたしの容姿を笑いものにしていたことに気付いていなかったのね。そのうちの一人が、悪ふざけで恋人のふりをしていただけだったことも」

花子はデスクの上にいる猫の背中を優しい手つきでなで始めた。猫の方は当然と言わんばかりにくつろいでいる。

「インテリだからといって容姿を嗤わないわけではなかったのよ。今思えば当たり前の話……俗物を毛嫌いしていた漱石だって『吾輩ハ猫デアル』では金田鼻子に辛辣でしょう。彼女の本名すら出てこない……自分の妻も登場人物のモデルにして、性格だけではなく容姿のことだって容赦なくこき下ろしている。

登場人物のモデルにされたせいもあって、漱石の妻は悪妻呼ばわりされているけれど、彼女の欠点が注目されているほどには、一時期の漱石が妻子に振るっていた暴力は注目されない。あなた、実に不公平な話だと思わない？」

急に厳しい声で質問されてぎくりとした。確かにそうだなという共感と、そう言われても俺は漱石じゃないという反感が同時に芽生えた。

「昔の話だから、価値観が違うところは仕方ないかと思っていました」

古い物語を読む時は大抵そうだ。兼井花子も反論はしなかった。

「……そうよね。でも、漱石はずっと読み継がれて……金田鼻子もずっと嗤われ続けている。わたしは文学を読まなくなった。高い着物や宝石や旅行や……お金を使う楽しみを追い求めるようになった。わたしを嗤う世間に負けない、鎧のようなものを買っているつもりだった」

俺は黙っていた。つまり、文字通りの俗物となったわけだ。

「そんな時に現れたのが兼井だった。いくら俗物と呼ばれても、学がないと馬鹿にされても、開き直って財産を築いていく強さはまぶしく見えた……そりゃ、結婚した後も色々ありましたよ。お酒だけではなく女道楽もあって……辛く当たられたことも一度や二度じゃない。当人はそうするのが大人の男だと思いこんでるものだから」

花子は顔をしかめた。俺は大町桂月が漱石にジャムばかり舐めていないで、酒や道楽もしろと批判したという話を連想していた。酒を飲めと言われて飲み過ぎたように、兼井はそういうアドバイスを真に受けそうだった。まだジャムをなめていた方がましに思える――そんな漱石も家族に辛く当たっていたわけだが。

「主人にも共感できるところはあったけれど、本の博物館を作って、最後にはすべて燃やす……あれは許せなかった。馬鹿げているにもほどがあるわ。なにか自分にできることがないか悩んでいた」

俺はこの人の言動を思い返していた。無知を装いながらも、一貫して夫が古書を買うことに反対し続けていた。彼女なりに夫の暴走を止めようとしていたのだ。

「そんな時、智恵子さんはわたしに助けを求めてきた……『あなたには鎌倉文庫の貸出本を買う財力があり、所蔵するにふさわしい知識もある』って。わたしは主人からいくつも不動産を譲られていたから、自分名義の財産もあった。その一部を使って貸出本を買ったというわけ」

「あの時、買い取った貸出本はこの屋敷に持ち帰ったんですか」

と、俺は尋ねた。

「いいえ。しばらくの間、わたしの持っているマンションの一室に保管し続けていたわ。万が一にも夫に知られないように、細心の注意を払って……もぐら堂との縁はずっと続いていて、あそこの目録から買った古書も一緒にしまっていた」

「それじゃ、もぐら堂から目録が送られてくるのは……」

「念のため宛名は主人になっているけれど、本当はわたし宛てよ。何年か前に目録が主人に見つかってしまって、あの人ももぐら堂から買うようになった……支払いはわたしの仕事だから、代金はわたしの財布から出ているけれど」

清和が兼井に古書を売るようになったきっかけを伏せた理由がやっと分かった。花子という本当の得意客のプライバシーを守るためだったのだ。

「主人が体調を崩してほとんど本館に行かなくなったから、去年自分の蔵書をすべて本館のガレージに移した。ずっと隠しおおせていたせいで、慢心していたのかもしれない……娘があんな真似をすることにも、まだ主人が鎌倉文庫にあそこまで執着していることにも、まったく考えが及ばなかった……」

　花子は疲れきったように言葉を切り、デスク前の椅子に腰を下ろした。すかさず猫が彼女の膝に居場所を移した。

「……今はまた、本を読まれているんですよね」

　しばらく沈黙が流れた後、栞子が静かに言った。もぐら堂から目録で古書を買っているのだから、そういうことになるはずだ。

「そうね」

　花子はため息とともにうなずいた。

「理由は自分でも分からないけれど、また読む気が起こるようになったの。鎌倉文庫の貸出本を買った日から……」

　ふと思いついたように、彼女は栞子を眺める。

「どうしてだと思う？」

　眼鏡の奥で娘の目が泳いだ。年長者が自問しても分からないことを、十代が答えるのはさすがに荷が重すぎる――しかし、栞子はおもむろに口を開いた。

「本も、人間も、完全な存在ではなくて……人間が書いたものだから、本にも欠点はあります……最後は、欠点を許せなくても受け入れられるか……欠点や問題があったとしても、愛せるかどうかで、決まる気がするんです」

まるで自分自身と対話しているように、栞子は訥々と語っている。そして、最後は花子と正面から目を合わせた。

「前に受け入れられなかったことも含めて、受け入れられる時が来た……それだけだと思います」

当人が気付いているかどうかは別にして、それは本だけに留まる話ではない。人間についても当てはまるはずだ。

花子は膝の上の猫を見下ろしながら、細い声で語り続ける。

「本当は主人になにもかも打ち明けるべきなんでしょう。そうするのは別に構わない。憎まれることも覚悟している……でも、今の主人にはわたしを憎むことも、許すことも辛いはず。そんな体力や気力はもう残っていない……」

俺は花子に生涯夫を騙し続けるという選択肢を示した、智恵子の無邪気さを思った。こんな罪悪感に苛《さいな》まれることを想定しただろうか――いや、彼女も十代の子供だった。そこまで責任を負わせるのも酷というものだ。

「……あの」

栞子が口を開いた。

「ご主人は古書をお望みでしたよね。鎌倉文庫で貸し出されていた稀覯本を」

花子はそろそろと顔を上げて、白いセーラー服の娘を見上げた。

「それをお見せして、まずは話を伺ってはどうでしょうか」

確かにそれがもともとの依頼だった。そして、兼井は依頼の理由を説明していない。

「なにを話すつもりなんだろう」

と、俺は栞子に言った。兼井花子の悩みを解決できるようななにかがあって、例によって自分がそれを見落としているのかもしれない――しかし、栞子は首を横に振る。

「分かりません」

正直な返事だった。

「でもそうすることで、あの方についてなにか分かる気がするんです……」

「それは、勘ということかしら」

花子が尋ねると、栞子は眉を寄せて考えこんだ。

「……かもしれません」

さすがに声が小さくなる。花子は笑いながらふっと息をついた。

「いいでしょう」

膝の上の猫を床に下ろしてから、力を振り絞るように彼女は立ち上がった。

「これまでだってずっと考えてきたんです。これ以上考えたところで、どうせ結論なんて出ない……あなたの勘に従ってみます」


俺と栞子は離れにある兼井の部屋を再び訪れた。

「おお！　これはすごい！　すごい本だなあ！」

リクライニングベッドの上で兼井は歓声を上げた。膝の上には三冊の古書がある。もともと持っていた『吾輩ハ猫デアル』の上編に、中編と下編が加わっている。表紙カバーには多少の汚れやヤケはあるが、どちらも滅多に出そうにない美本だった。

「交渉が上手《うま》くいったんだな？　こうも首尾良くやってくれるとは思わなかった！」

ベッドから俺に向かって細い腕を伸ばしてくる。握手を求められていると気付いて、慌てて骨張った冷たい手を握った。

「あんたには十分な礼をさせてもらう。ありがとう！」

こうも素直に礼を言われると罪悪感にかられる。この屋敷にもともとあった古書を彼の妻が引っ張り出してきただけで、俺はなにもやっていないのだ。

「本当に結構です。お気持ちだけで」

「そんなわけにはいかん。実はな、昨日うちの娘婿にインターネットってやつで調べてもらったんだが、この『吾輩ハ猫デアル』、三冊揃うと相当の金額で取り引きされているそうじゃないか。仕入れ値だけでも相当のものだっただろう」

俺はこっそり舌打ちした。人の好さそうな兼井弘志の丸顔が頭に浮かぶ。仕方がないこととはいえ、余計な情報を義父に流してくれたものだ。

「経費は奥さんからいただきますから……それで十分です」

礼を失しない程度の力で、自分の手を相手から引き剝がした。まだ兼井は納得が行っていない顔つきだ。

「それにしても、どうして古書をお求めになったんですか」

俺は話の矛先を変える。兼井はすぐに答えず、そばに控えている妻に三冊の『吾輩ハ猫デアル』を手渡した。花子がサイドテーブルに置こうとすると、鋭い声でそれを制した。

「待て。そんなところに置くな」

「じゃあ、どこに置くんです。この部屋のどこかに飾りますか」

「お前の部屋に持っていけ」

起き上がったマットレスに背中を預けて、兼井は妻の顔を見ずに言った。

「えっ……」

「お前にやる。大事にしろ」

花子は呆然としている。俺も——たぶん栞子もまったく予想していなかった。妻に贈るために買ったものだったのだ。

「……どうして」

胸の前で三冊の古書を抱えながら、やっとのことで花子が尋ねる。

「お前にはこれまで色々なものを買ってやった……欲しいと言うものはなんでもだ。もちろん、金が欲しいと言えばくれてやった。だが……」

兼井はようやく立っている妻を見上げた。なぜか刺すような鋭い目つきだった。

「本当に嬉しい顔は、ただの一度もしなかったな。俺には分かってる……お前という女は口を開けば文句ばかりだった。腹立たしいにもほどがある……だから、俺からの最後のプレゼントだ。宿題をくれてやる」

「……宿題？」

低い声で花子が聞き返す。

「俺は本を読めん。お前もそうだ。だから、死ぬまでにその三冊を読め」

にやりと兼井が笑う。前歯はほとんど残っていなかった。

「お前が死んだらその小説の感想を聞かせろ……俺はあの世で楽しみに待っている」

ふと、俺は思った。

ひょっとすると、兼井は妻の愛書趣味に気付いているのではないだろうか。他人の資質をすぐに見抜くような勘の鋭い男だ。長年連れ添った妻の趣味についてまったく知らない、などということが本当にあるだろうか。

「あなた」

花子は声を詰まらせた。

「わたしは……わたしはずっと……」

お父さん、と栞子に小さく声をかけられて、はっと我に返った。俺たちは静かに廊下へ向かう。もう他人が立ち入るべき問題ではない。結果がどうなるにせよ、夫婦の間で解決するだろう。

「おい、人の話を聞け。もちろんインチキはなしだ。自分でちゃんと読むんだぞ」

音を立てないようにドアを開けた時、まだ兼井は喋り続けていた。花子のかすれた声がそれに重なる。

「どうしても、あなたに……伝えなければならないことが」

俺は廊下からドアを閉める。

後に残ったのは静寂ばかりだった。

かすかに雨音が聞こえてきて、カウンターの中にいた俺は顔を上げた。ビブリア古書堂の外で、いつのまにか雨が降り出している。アルバイトの学生が傘立てを店の外へ運んでいった。

兼井家の屋敷へ行ってから二日が経っている。花子とは一度電話で話したが、鎌倉文庫の件を夫に伝えたかについては触れなかった。

代わりに聞きそびれたことを一つ尋ねた。

「どうしてあなたのところに、『道草』の袖珍本があったんですか」

智恵子が持っていたはずの古書だ。花子は電話の向こうで黙りこんでいたが、やがて事情を説明してくれた。

二年前、北鎌倉の家を出たその足で智恵子は兼井家を訪れていた。「他の貸出本と一緒に保管しておいて欲しい」と、あの『道草』を置いていったのだという。

「これは夫と自分の思い出の本で、大切にしまいこんできた。家に残しておけば、見つけ出した夫が自分を思い出すことになる、かといって自分にはもうこれを持っている資格がない……そんな風に言っていたわね」

俺たち夫婦の思い出はいつも本と分かちがたく結びついている。他にもそういう思い出の本が何冊もあって、あの一冊だけ持ち出したところで意味はない。

「誰に買われたのかは、分からないんですか」

あの『道草』がオークションに出品されたのはもぐら堂の戸山清和が気付く前で、既に他の誰かに落札されてしまっていた。

「分からないわ。台湾の人が買ったらしいけれど、もう連絡が取れなくなっているそうよ」

台湾人が日本の古書を買うのは奇妙な気もするが、考えてみれば日本文学のマニアや研究者はいるはずだ。そう思い直した時、花子がさらに奇妙なことを口にした。

「でも……あの『道草』、国際郵便で昨日うちに届いたのよ」

発送元の住所は架空のものだったが、イギリスのロンドンからだったらしい。台湾に売られていったものが、イギリスのロンドンから帰ってくる――花子は困惑していたが、俺はだいたい事情を察していた。智恵子が海外にいるという噂は俺の耳にも届いている。

日本でどんな古書が売りに出されているか、智恵子はきちんと網を張っているはずだ。もしインターネットのオークションに自分の元蔵書が出品されたらどうするか。居場所が分からないよう注意しつつ手に入れ、しかるべき場所に送り返すのではないだろうか。

そう信じる根拠は他にもある——俺のプライベートのメールアドレスに、昨日一通のメールが届いた。差出人の名前も件名もなく、「『道草』は戻った？」という一文だけがあった。

返信はまだしていない。尋ねたいこと、伝えたいこと、叩きつけたい気持ちはいくらでもある。じっくり考えさせてもらう。

「ちょっと休憩に行ってくる」

アルバイトの学生に伝えて、俺は母屋に戻った。もう午後三時を回っている。まずは玄関先で一本煙草を吸うつもりだった。

居間を通りすぎる時、座卓の前で本を開いている栞子の姿が手に入った。制服もまだ着替えずに、頬杖を突いて読み耽っている。

兼井家の屋敷から戻ってきた後、栞子は以前のように内気で引っこみ思案の少女に戻った。『吾輩ハ猫デアル』にまつわる謎を解いた時の、自信に満ちあふれた彼女は再び深い眠りについてしまったようだった。

今、栞子が読んでいるのは漱石の『吾輩ハ猫デアル』の袖珍本だ。初版本と同じ版元の大倉書店から、明治の終わり頃に発行されている。これも鎌倉文庫の貸出本だった一冊で、今回の礼にと兼井花子から贈られたものだった。つい最近読んだばかりの小説の本を、今どんな気持ちで開いているのか、俺には想像がつかない。

「……文香は？」

俺は尋ねる。夢から覚めたように栞子が顔を上げた。

「そういえば……買い物に行ったきりかも」

「ちょっと出てくるよ」

また例の踏み切りにいるのだろう。俺は玄関の傘立てから一本抜いて外へ出る。雨足は少し強まっていた。

傘を差して歩きながら、俺は娘たちのことを考えていた。

自分の殻にこもった栞子の目を、束《つか》の間《ま》外に向けさせたのは俺ではない。本の謎だ。親の俺では娘のパートナーにはなり得ない。あの子をもっと深く理解し、隣で支えられる者が必要だ。そういう誰かが現れて、初めてあの子の物語が始まるのかもしれない。

文香の方は進んで他人と関わっていける強さを持っている。しかし、なにぶんまだ幼すぎる。あの子の意欲を過大評価しすぎず、無理はさせずにフォローする必要があるだろう。

数日前と同じように、円覚寺の参道にある踏み切りに文香は立っていた。例によって買い物袋を提げているが、傘は差していない。

娘は一人ではなかった。半袖の白いYシャツと黒い制服のズボンを履いた大柄な学生が、困り顔で後ろから傘を差しかけていた。三白眼でかなり目つきは鋭いが、全体の印象はむしろ柔らかい。

「文香」

呼びかけると学生の方が先に振り向いた。娘はちらっと俺を見上げたが、すぐに踏み切りの先に視線を戻してしまう。

「この子のお父さんですか」

意外に学生の声は幼かった。まだ中学生かもしれない。

「なんか気になっちゃって……雨が降り出しても、ここに立ってるんで」

Tシャツとハーフパンツの文香はどこも濡れていなかったが、少年の方はシャツの肩が湿っている。かなり長い時間、ここに立ってくれていたようだった。

「ありがとう、済まなかったね」

学生と場所を変わって、文香の頭上に傘を持っていった。少年がほっとした顔でバッグからタオルを出して肩を拭いている。無粋だとは思ったが、ポケットを探って煙草を買うための小銭を出した。

「よかったら、これで飲み物でも……」

少年は両手と首を大きく振りながら後ずさりする。

「いや、いいです！　全然大したことしてないし……高校見学に来たんで、そろそろ行かないと！」

高校見学ということは、近くにある県立高校を来年受験するのだろう。もし入学したらまたこのあたりで会う機会があるかもしれない。

「君、名前は」

だいぶ遠ざかった彼に向かって、俺は声を張り上げる。

「五浦《ごうら》です！　五浦大輔！」

と、彼も叫ぶ。そして踵を返して、ビブリア古書堂の方へ小走りで去って行った。ちょうど自分の傘を差し、文香のピンク色の傘を持った栞子がこちらへ歩いてくるところだった。

五浦という少年とすれ違った後、栞子はふと立ち止まって振り返った。彼の背中はみるみる小さくなっていく。

やがて栞子も前を向いて、再び俺たちの方へ歩き出した。

エピローグ

晴れ渡った空の下、兼井家の庭には管弦楽団の演奏が流れている。

招待客たちは芝生に並べられた丸テーブルについて歓談を続けていた。洋館に近い場所に設えられたスロープつきの低いステージでは、車椅子に乗った老女が来賓と話しこんでいる。大きな薔薇の刺繡が入った派手な青い和服を着て、白くなった髪にも宝石のついた髪飾りを付けていた。

彼女の名前は兼井花子。今日のパーティーの主催者だった。

招待客が代わる代わる挨拶に行っているので、篠川家もそれに倣って一度ステージへ行った。歩き回ることが難しくなっていて、せっかく来ていただいたのに挨拶に伺えずに申し訳ない、という意味のことを兼井花子はしっかりした声音で語った。後でまたお話ししましょう、と言っていたので、俺たちに用事があるのかもしれない。

それから後はテーブルの一つに腰を落ち着けて、飲み物のグラスを手に互いの話に耳を傾けた。昭和と平成と令和、三つの時代にまたがる鎌倉文庫をめぐる三つの物語が終わると、篠川智恵子が二冊の黒い手帳をテーブルに置いた。何の変哲もないデザインで、それぞれ「１９７３」と「２００２」という西暦が箔押《はくお》しで印刷されている。

「これは？」

と、栞子さんが母親に尋ねる。

「わたしが十代だった年、あなたが十代だった年……それぞれの年に登さんが使っていた手帳よ。彼は日々起こった出来事も備忘録代わりに書き留めていた。わたしが今話した内容は、この手帳の記述も参考にしている」

智恵子はウイスキーグラスの中身を飲み干して、通りかかったスタッフに同じものを頼んだ。

「なぜそれをあなたが持っているんですか」

「亡くなる少し前、登さんがわたしの使っていたロンドンの私書箱に送ってきたから。形見のつもりだったのかもしれない。気になるなら読んでも構わないわよ……大したことは書かれていないし」

栞子さんは一瞬手を伸ばしかけたが、結局触れようとしなかった。父親の――そしてそれ以外の人たちのプライバシーに触れるからだろう。

店で起こった出来事については、俺も長年にわたって記録を付け続けている。この二冊もまたビブリア古書堂の事件手帖と言える。篠川家にはそれぞれの時代に本の謎を解かずにいられない人間がいて、同時にその顚末《てんまつ》を記録したがる性分の人間がいるのかもしれない。

「他にも、こういう記録はあるんですか？　もっと古いものとか」

何気なく俺が尋ねた。ちょうどやって来たスタッフから、智恵子は新しいウイスキーグラスを受け取る。はっきりした答えを避けたようにも見えた。「大したことは書かれていない」――確かにこの二冊についてはそうなのかもしれない。でも、他の記録はどうなんだろう。

栞子さんもそのことに気付いたらしい。口を開きかけた時、司会のアナウンスが会場に響いた。主催である兼井花子から挨拶があるという。

ステージの上で車椅子に座っていた花子がゆっくり立ち上がる。背後に控えていたグレーのパンツスーツの女性に支えられたが、よろけることもなく両足で踏ん張っている。会場にどよめきと拍手が起こった。

「本日はわたくしの生前葬のパーティーにお越しいただき、誠にありがとうございます」

高齢とは思えない張りのある声でスピーチが始まる。生前葬――生前に行われる葬儀という意味だが、決まった形があるわけではないらしい。今回は見たところ普通のガーデンパーティーで、世話になった人たちへの挨拶と社会人としての引退セレモニーを兼ねている印象だった。

ここに集まっている人たちは亡くなった兼井健蔵が設立した会社や、地元商店街の関係者が多いらしく、彼らへの感謝の言葉が後に続いた。聞くところではこの二十年あまり、兼井花子は商店街のイベントにも出資などの協力を惜しまなかったそうで、鎌倉の名士の一人として扱われているようだった。

自分が亡くなった時には葬儀を行わないこと、これからも長生きをして二十数年前に亡くなった主人への土産話を増やすつもりだと最後に語り、なごやかな雰囲気の中でスピーチを締めくくった。

「兼井健蔵が亡くなったのは、『吾輩ハ猫デアル』の件のしばらく後ですか」

拍手をしながら、隣の栞子さんに小声で尋ねる。彼女はうなずいた。

「はい……その次の年」

「古書を焼かなかったんですよね」

「そうみたいです。父は花子さんとその後も連絡を取っていたようでしたけど、わたしが後を継いだ時に関係が途切れてしまって」

栞子さんの父、篠川登は五十代半ばに病気で亡くなっている。突然、三代目の店主になった栞子さんがいかに苦労していたが、その数年後にアルバイトとして店に入った俺もある程度は知っている。代替わりの時に古くからの顧客をかなり失ったという話だった。

スピーチが終わって、兼井花子は車椅子に戻った。栞子さんはテーブルの上にあるガラスの酒器に口を付ける。中身は日本酒の純米大吟醸だった。

「鎌倉文庫の貸出本は、結局どうなったんですか」

「わたしも詳しくは知りません……今日はそれも伺いたかったんです。実はわたし、これを持って来てほしいというメッセージを兼井家から別にいただいていて」

栞子さんはトートバッグから一冊の古書を出した。さっき話に出てきた、兼井花子から贈られたという『吾輩ハ猫デアル』の袖珍本だ。

「あら、わたしも持って来て欲しいものがあると花子さんに言われているのよ」

智恵子もウイスキーグラスを置いて、自分のバッグから袱紗《ふくさ》の包みを出してくる。開くと中から『道草』の初版本が現れた。

「おや、こいつはまた珍しい本だなあ」

そこへ紋付きの羽織袴《はおりはかま》を身に着けた、小柄な老人がひょいと顔を出した。髪の毛はほとんど残っていないが、頬の血色がとてもいい。後ろには戸山圭とその父親の吉信が立っていた。俺は軽く目礼する。この親子が付き添っているということは、この老人が戸山利平なのだろう。

「俺もな、漱石の初版本を持ってるんだよ……『鶉籠』っていう相当に珍しい代物でな、普段は大事にしまってあるんだが……」

「うん、今日はここに持ってきてるよ」

戸山圭が優しく声をかけて、自分の抱えているバッグを撫でた。

「この会場に持ってきてほしいって、兼井さんから頼まれたでしょう」

どうやら栞子さんたちと同じ依頼をされたらしい。兼井、という名前に反応したのか、戸山利平は主催者のいるステージを振り返った。

「ああ、いかん。せっかくお招きいただいたのに、ご挨拶がまだだった……あの人に挨拶しに行こう」

せかせかした足取りで兼井花子のいる方へ歩き出した。

「伯父さん、もう挨拶は大丈夫ですから、なにか飲み物をもらいませんか」

戸山吉信が伯父を追うようにして、俺たちのテーブルから離れていく。圭が立ち去り際に扉子と軽く手を振り合うのが見えた。

「そういえば、お義母さんの家で『道草』を見つけた後でなにがあったの？」

扉子に尋ねると、娘は自分のグラスをテーブルに置いた。ちなみに俺の前にあるのはビールで、大人三人は全員アルコールを口にしているが、まだ未成年の娘はアイスカフェオレを飲んでいる。

「別に大したことはないかな……何日か後、帰国したお祖母ちゃんに『道草』のことを尋ねたら、例によってはぐらかされたけど」

扉子は非難がましい目でちらっと祖母を見る。智恵子の方は澄ましてウイスキーを飲み続けていた。

「その後、この生前葬パーティーの招待状を渡されたの。それで今日はここに」

「……そうか」

と、俺はうなずく。この四人が招待された経緯はだいたい分かった。わざわざ貸出本を持ってこさせた理由は気になるが――。

「失礼します。こちらのテーブルにいらっしゃるのは、ビブリア古書堂の皆さんですよね」

いつのまにかテーブルのそばにグレーのスーツを着た、ショートボブの女性が立っている。年は三十前後ぐらいか。さっきスピーチの時に兼井花子を支えていた人だ。俺たちが挨拶した時も、車椅子の後ろにずっと控えていた。

「わたし、兼井益世と申しまして……」

と、名刺を取り出す。聞き覚えのある名前だった。さっき栞子さんの話に出てきた、兼井健蔵と花子の孫、仁美と弘志の娘だ。立ち上がった栞子さんが代表して名刺を受け取った。

「祖母から皆さんにお話ししたいことがありまして……ご足労おかけしますが、本館へお越しいただけませんか」

いつのまにかステージから兼井花子は車椅子ごと姿を消している。きっと、もう洋館の中で待っているのだろう。俺たちはグラスを置き、それぞれ古書をしまって立ち上がった。

洋館の中も開放されているらしく、グラスを手に見学している招待客が目についた。相当に古いはずの内装にはどこにも汚れや傷みがない。隅々まで手入れが行き届いていた。

「わたしたち家族は離れに住んでいまして、こちらの本館を一般開放して貸しスタジオにもする予定なんです。撮影イベントやドラマのロケなどに使っていただけたらと……今日のパーティーはその宣伝も兼ねています」

この人自身が施設の運営に携わっている口ぶりだった。ふと、廊下の途中で振り返り、俺たちに深々と頭を下げる。

「本日は祖母の希望で、貴重な古書をお持ちいただきありがとうございました。わたしも拝見するのを楽しみにしているんです」

と、白い歯を見せる。

「本がお好きなのね」

篠川智恵子が尋ねると、彼女は深くうなずいた。

「はい。わたし、子供の頃から読書が大好きで……うちには祖父や祖母の蔵書がたくさんありましたから。祖父は早くに亡くなったのでほとんど憶えていないんですけど、祖母には本について色々なことを教えてもらいました。大学では司書の資格も取りまして、今はこの洋館だけではなく蔵書の管理も任されているんです」

本に縁がなかった両親とは違う道を進んだようだ。つまり、栞子さんたちの同類ということになる。急に打ち解けた空気が流れた。

「お祖母さんとは本の話をよくされているんですか」

「もちろん。孫のわたしから見ても祖母は大変な読書家ですね……今でもわたしよりも読むペースが速いぐらい。お迎えが来るまでにできるだけ沢山の本を読まないといけない、というのが口癖なんです」

俺は兼井花子のスピーチを思い返していた。亡くなった主人への土産話を増やすつもり——きっとあの世で本の感想を聞かせるために、二十数年間ずっと読書し続けているのだ。

「話が長くなってしまいましたね。こちらへどうぞ」

益世が近くにあったドアを開けた。そこは造り付けの書架が三方の壁を覆っている部屋で、中央にも背の低い書架やガラスケースが置かれている。ここが栞子さんの話に出てきた兼井家の書庫なのだろう。

「わざわざありがとう、来て下さって」

窓際にある大きなデスクの横で、兼井花子が車椅子に乗っていた。戸山家の三人も近くに立っている。俺たちより先に案内されていたようだ。

「本館の中にこういう図書室をいくつか作ったけれど、もともとあったこの書庫には一番大事なものを収めてあるわ」

「じゃあ、ここに並んでいるのが……」

扉子が目を輝かせて言いかけると、もっと大きな声で栞子さんが尋ねた。

「鎌倉文庫の貸出本なんですか？」

「ええ、そうよ。少しご覧になる？」

「ありがとうございます！」

母と娘が同時に答えて、小走りで書架に近づいていった。そういえば、彼女たちがすべての貸出本を目にする機会はこれまでなかった。ほんの一、二冊を目にしただけだ。さっそく背表紙を眺めながら、二人は真剣な顔でひそひそ語り始める。気持ちは分かるが、招待してくれた主催者の存在を忘れないで欲しい。

隣を見ると篠川智恵子が苦笑している。やがて、娘と孫の方へ近づいていく。注意してくれるのかと思ったら、書架の前に立って古書をめくり始めた。

自分も読みたかっただけらしい。おそるおそる兼井花子の顔を窺うと、むしろ目を細めて喜んでいる様子だった。

結局、篠川家の三人は俺が呼び戻した。

俺たちと戸山家の人々に向かって、兼井花子が車椅子から語りかけた。

「夫とわたしがそれぞれ集めた古書を、孫の力を借りてやっと整理して並べることができた……今後はこの館だけではなく、蔵書も公開していこうと思っているの」

「貸しスタジオだけではなく、有料の会員制図書館としても営業していくつもりなんです」

孫の益世が説明を引き継いだ。

「月ごとの会員費を払えば、ここの蔵書を自由に読むことができる……他の部屋を使って他の会員や同好の士と交流イベントを開くことも可能です。需要に応じて蔵書も増やすつもりですし……あ、館内の閲覧だけではなく貸出もします」

貸出、という言葉に全員が反応する。昔とやり方は違うが、金を払って本を貸し出す。つまりそれは――。

「……貸本屋のようなものよ」

花子が静かに告げる。

「だから、この施設の名前を『鎌倉文庫』にするつもり」

人間には書物が必要――かつて貸本屋を設立した文人たちはそんな理念を唱えていたという。きっとここにもそう信じる人たちが集まるに違いない。

「それで、皆さんに持ってきていただいた、鎌倉文庫の貸出本のことだけれど……」

急に花子は恥じるように口ごもる。

「今、この部屋には貸出本のほとんどが揃っているはず……皆さんの蔵書をほんの何分かお借りして、この部屋に並べさせていただけないかしら。鎌倉文庫が開店した時の状態を可能な限り再現して、この目に焼き付けておきたいの……もちろん、終わったらすぐにお返しします」

「今、ここにいらっしゃる皆さんを当館の名誉会員として登録させていただきます。いつでもこちらを利用していただければ」

益世がにこやかに言い添えた。おそらく多少は反発や難色があると思っていたのだろう。しかし、二人が話し終えると栞子さんが即答した。

「いいですね。わたしも是非見てみたいです」

自分のバッグから『吾輩ハ猫デアル』を出して書架に近づいていく。

「同感だわ。楽しそうね」

袱紗に包まれた『道草』を抱えた智恵子もそれに続いた。戸山利平も大姪の圭から自分の古書を受け取っている。

三冊の古書が加わると、千冊近い貸出本が完全な姿に近づいた気がした——もちろん、欠けてしまった本もかなりあるはずだが。

「……懐かしい」

利平がぼそりとつぶやく。終戦直前に開店した鎌倉文庫を目にしているのは、この中で彼だけだった。

「こんな風だったなあ……」

軽く鼻をすすり上げる。借りた本を返さなかった者も含めて、きっと多くの人々がこれらの本に心の潤いを求めたのだろう。

それは奇妙なほど美しい光景に思えた。兼井花子も車椅子から身を乗り出して、食い入るように書架を見つめている。

ふと、利平が我に返ったようにそばにいた圭に話しかけた。うなずいた大姪が自分のバッグからグリップのついた奇妙なカメラを取り出す。それが8ミリカメラだと分かるまで少し時間がかかった。土蔵を撮影したフィルムだけではなく、カメラもまだ持っていたのだ。利平は花子に話しかける。

「これでこの部屋を撮っても構わんか？　俺と貴重な古書が一緒に映っている姿を、ぜひ撮影してもらいたいんだ……」

五十数年前、土蔵で貸出本を撮った時と同じことをしたい様子だった。

「構いませんよ」

花子がうなずくと、扉子がぱっと手を挙げた。

「わたしが撮ります！」

「いや、わたしが撮る」

と、圭が首を振った。

「扉子が撮ったら、扉子は映像に入らない」

「圭ちゃんが撮ったら圭ちゃんが入らないでしょ……交替で撮ろうよ」

高校生たちのやりとりが図書室に響いている。部屋にいる誰もが若い二人を温かく見守っていた。

新しい鎌倉文庫が生まれ、ここにある古書もまた次の時代へと受け継がれていく。

参考文献（敬称略）

夏目漱石『吾輩ハ猫デアル』上編〜下編（大倉書店　服部書店）
夏目漱石『吾輩ハ猫デアル』縮刷版（大倉書店）
夏目漱石『鶉籠』（春陽堂）
夏目漱石『道草』（岩波書店）
夏目漱石『道草』縮刷版（岩波書店）
夏目漱石『道草』（新潮文庫）
夏目漱石『坊っちゃん』（新潮文庫）
夏目漱石『吾輩は猫である』（新潮文庫）
『漱石全集』（岩波書店）
『定本　漱石全集』（岩波書店）
『漱石全集月報　昭和三年版　昭和十年版』（岩波書店）
十川信介編『漱石追想』（岩波文庫）
小宮豊隆『夏目漱石』（岩波文庫）
夏目鏡子述　松岡譲筆録『漱石の思い出』（文春文庫）
夏目伸六『父・夏目漱石』（文春文庫）
半藤末利子『漱石の長襦袢』（文春文庫）
松岡譲『漱石の印税帖　娘婿が見た素顔の文豪』（文春文庫）
江藤淳『決定版　夏目漱石』（新潮文庫）
荒正人著　小田切秀雄監修『増補改訂　漱石研究年表』（集英社）

小田切靖明　榊原貴教『夏目漱石の研究と書誌』（ナダ出版センター）
矢口進也『漱石全集物語』（岩波現代文庫）
『日本近代文学館創立二十五周年記念　夏目漱石展』図録（日本近代文学館）
『別冊太陽　32号「夏目漱石」』（平凡社）
神奈川文学振興会編『神奈川近代文学館蔵　夏目漱石落款集成』（雄松堂書店）
長山靖生『「吾輩は猫である」の謎』（文春新書）
小森陽一『漱石を読みなおす』（岩波現代文庫）
十川信介『夏目漱石』（岩波新書）
『ちくま日本文学』（ちくま書房）
田坂賢二『日本文学全集の時代――戦後出版文化史を読む』（慶應義塾大学出版会）
中村苑子『俳句礼賛　こころに残る名句』（富士見書房）
高見順『敗戦日記』（中公文庫）
『別冊かまくら春秋　特集鎌倉文庫』（かまくら春秋社）
『鎌倉　第十号』（鎌倉文化研究会）
『神奈川県立図書館紀要　第2号』（神奈川県立図書館）
『開館30周年記念特別展　鎌倉文士　前夜とその時代展』図録（鎌倉文学館）
『沓掛伊佐吉著作集―書物文化史考―』（八潮書店）
鎌倉市中央図書館編『古都鎌倉へのまなざし　1950-1985　時を見つめた写真家たち』（鎌倉市中央図書館）
出久根達郎『作家の値段』（講談社）
『本の本　昭和51年8月号』（ボナンザ）
シェイクスピア　河合祥一郎訳『新訳　ハムレット』（角川文庫）

あとがき

今さら言うまでもない話ですが、このシリーズには実在する本が出てきます。

物語の世界でも本の著者や出版社は存在していますし、社会の動きもだいたい現実をなぞっています。はっきりした時期が明言されていなくても、何年の何月に起こっているか設定上は一応決めています。

その一方で登場人物、登場する古書店、地名以外の固有名詞はほぼフィクションです。ごく一部の例外を除いてモデルはいませんし、ありません。当然物語もフィクションで、常に分かりやすいエンターテインメントを心がけているつもりです。

ただ、現実に起こった出来事を参考にしたり、物語に取り入れたりすることはありまして、今巻はそのあたりの境界が少々複雑です。

まず、川端康成《かわばたやすなり》や久米正雄《くめまさお》、高見順ら鎌倉文士が経営していた貸本屋「鎌倉文庫」、これは実在していました。そして鎌倉文庫には夏目家から提供された初版本が並んでいたという話、これも事実のようです。作中でも引用しましたが、俳人の中村苑子《なかむらそのこ》が随筆に書いています（名随筆です）。

さらに貴重な初版本、署名本を含む貸出本の大半が、どこへ行ったのかはっきり分からない——なんとこれも事実です。取材でその話を伺《うかが》った時は驚きましたね。もう小説みたいな話ではないかと。

でも、それ以外はすべてわたしの考えたフィクションです。貸出本がどうなったのか、今後判明することがあっても、この小説の内容とは全然異なっているでしょう。

今巻でも多くの方にご協力いただきました。様々な資料の提供だけではなく、他の取材の折衝や同行までして下さった鎌倉文学館の小田島一弘《おだしまかずひろ》様、専門家の立場から様々なお話を聞かせて下さった神奈川県立生命の星・地球博物館の土屋定夫《つちやさだお》様、貴重な資料を見せて下さった川端康成記念會様、鎌倉市の公文堂《こうぶんどう》書店様、誠にありがとうございました。

想定していた形とは少し違いましたが、やっと栞子《しおりこ》の過去の話を書くことができました。次の巻もよろしくお願いいたします。

三上《みかみ》　延《えん》

<初出>
本書は書き下ろしです。

メディアワークス文庫

ビブリア古書堂《こしょどう》の事件手帖《じけんてちょう》IV
~扉子《とびらこ》たちと継《つ》がれる道《みち》~

三上《みかみ》 延《えん》

2024年3月25日　初版発行

発行者　山下直久
発行　株式会社KADOKAWA
〒102-8177　東京都千代田区富士見2-13-3
0570-002-301（ナビダイヤル）
装丁者　渡辺宏一（有限会社ニイナナニイゴオ）
印刷　株式会社暁印刷
製本　株式会社暁印刷

●お問い合わせ
https://www.kadokawa.co.jp/（「お問い合わせ」へお進みください）
※内容によっては、お答えできない場合があります。
※サポートは日本国内のみとさせていただきます。
※Japanese text only

※定価はカバーに表示してあります。

Printed in Japan
ISBN978-4-04-915298-2 C0193

メディアワークス文庫　https://mwbunko.com/

本書に対するご意見、ご感想をお寄せください。

あて先
〒102-8177　東京都千代田区富士見2-13-3
メディアワークス文庫編集部
「三上 延先生」係

時かけラジオ
～鎌倉なみおとFMの奇跡～

成田名璃子

未来の人、お電話ください――。
時を超え、人をつなぐ奇跡のラジオ。

ローカルラジオ局「鎌倉なみおとFM」の最終番組は22時で終了する。だけどなぜか時々、23時から番組が流れる夜があり、それは1985年を生きるDJトッシーによるもので――。

親友の婚約を素直に祝うことができない「三回転半ジャンプさん」、母親の再婚相手と距離を置いてしまう小学生「ラジコンカー君」……真夜中のラジオが昭和と令和をつなぐ時、悩める４人のリスナーと、そしてきっとあなたに、優しい波音が聞こえてくる。

聴き終えた後、心の声に耳を傾けたくなる不思議なラジオ。

『東京すみっこごはん』『今日は心のおそうじ日和』の著者・成田名璃子、新境地！

メディアワークス文庫

無駄に幸せになるのをやめて、こたつでアイス食べます

コイル

一緒に泣いてくれる友達がいるから、明日も大丈夫。

　お仕事女子×停滞中主婦の人生を変える二人暮らし。じぶんサイズのハッピーストーリー

　仕事ばかりして、生活も恋も後回しにしてきた映像プロデューサーの莉恵子。旦那の裏切りから、幸せだと思っていた結婚生活を、住む場所と共に失った専業主婦の芽依。

「一緒に暮らすなら、一番近くて一番遠い他人になろう。末永く友達でいたいから」そんな誓いを交わして始めた同居生活は、憧れの人との恋、若手シンガーとの交流等とともに色つき始め……。そして、見失った将来に光が差し込む。

　これは、頑張りすぎる女子と、頑張るのをやめた女子が、自分らしく生きていく物語。

メディアワークス文庫

星降るシネマの恋人

梅谷 百

スクリーンの向こうのあの人と恋をする。
時を超えて出逢うシンデレラ物語。

あの人と私をつなぐのは、８０年前の一本の映画。

丘の上のミニシアター「六等星シネマ」で働くことが唯一の生き甲斐の22歳の雪。急な閉館が決まり失意に暮れていたある夜、倉庫で見つけた懐中時計に触れて気を失う。目覚めたのは1945年。しかも目の前には、推しの大スター三峰恭介が！

彼の実家が営む映画館で働くことになった雪は、恭介の優しさと誠実さに惹かれていく。しかし、雪は知っていた。彼が近いうちに爆撃で亡くなる運命であることを——。

号泣必至の恋物語と、その先に待ち受ける圧巻のラスト。

『キミノ名ヲ。』著者が贈る、新たなるタイムトラベルロマンス。

メディアワークス文庫

いつか、彼女を殺せますように

喜友名トト

僕の生涯のすべてをかけて、
彼女を殺すと誓った。

成果は出ず、冴えない日常を送る、青年天文学者の昴。

そんな彼が出会ったのは、亜麻色の髪と翡翠色の瞳を持つ美しい女性、クロエだった。「遠いところから来た」と語るクロエの不思議な魅力に惹かれていく昴だったが、やがて彼女の秘めた過去と非情な運命を知る。

——僕に何ができる？——

深い絶望を前にした昴の決断。それは、果てしなく遠い、彼方への挑戦だった。

永遠に等しき宇宙の輝きに比べれば一瞬に過ぎない人生。それでも人は星に手を伸ばす。

『どうか、彼女が死にますように』に続く、衝撃と感動の「彼女×死」シリーズ!

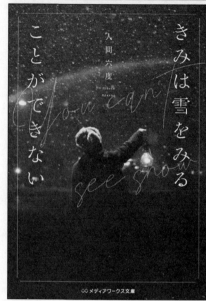

第30回電撃小説大賞《大賞》受賞作

竜胆の乙女

わたしの中で永久に光る

fudaraku

「驚愕の一行」を経て、光り輝く異形の物語。

明治も終わりの頃である。病死した父が商っていた家業を継ぐため、東京から金沢にやってきた十七歳の菖子。どうやら父は「竜胆」という名の下で、夜の訪れと共にやってくる「おかととき」という怪異をもてなしていたようだ。

かくして二代目竜胆を襲名した菖子は、初めての宴の夜を迎える。おかとときを悦ばせるために行われる悪夢のような「遊び」の数々。何故、父はこのような商売を始めたのだろう？　怖いけど目を逸らせない魅惑的な地獄遊戯と、驚くべき物語の真実——。

応募総数4,467作品の頂点にして最大の問題作!!

メディアワークス文庫